틈새 공부

틈새연대기

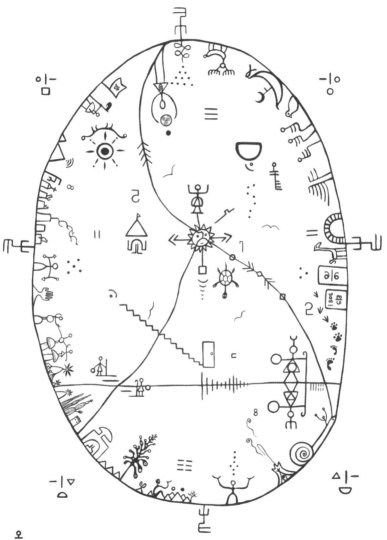

임 -잉

-깅 -임

오월의봄

해방과 추방 사이를 떠도는 몸의 질문

정홍칼리 지음

그 여정은
해방이었을까
추방이었을까

나는 이곳을 벗어나고 싶었다. 처음엔 죽으려고 인도에 갔다. 막상 그곳에 도착하자 해방감을 느꼈다. 죽을 필요가 없어졌다. 그렇다고 돌아갈 수도 없었다. 나는 여행을 간 게 아니라 구조에서 밀려난 것이었다. 이제 와서 죽을 수도 없었다. 살기 위해 떠나는 각자도생의 구조는 곧 죽게 만드는 각자도살의 구조였다. 그 구조의 질서에 포섭되는 것은 내가 나를 죽이는 일이었다. 죽지 못한 나는 살아남기 위해 흘렀다. 무당이 된 후에도 구천을 흐르며 국경을 넘었다. 그러다 페루에서 정신병원에 강제로 입원되었다. 내 말을 믿어주는 단 한 사람이 없다면 너무 쉽게 갇힐 수 있다는 걸 그때 알았다. 나는 다시 살기 위해 한국에 돌아왔다. 내 말을 믿어주는 이가 존재하는 곳으로.

나는 독방을 나왔지만, 누군가는 지금도 갇혀 있다. 누군가가 갇혀 있다는 그 감각이 너무 선명해서, 나조차 여전히 갇힌 것 같았다. 아무도 들어주지 않는 비명을 지르는 넋들이 내 몸을 두드렸기 때문이다. "내 이야기 좀 들어주세요. 당신이라면 내 마음 알잖아요. 나랑 같은 비명을 질렀잖아요." '넋'이란 밀려난 존재들의 아우성이다. 차별과 폭력의 구조에서 입막음 당한 응어리들. 죽은 이의 넋, 살아 있는 이의 넋, 비인간의 넋은 경계 없이 서로에게 들린다. 상처가 굳어가는 자리에서, 말하지 못한 자리에서. 때로는 말이 아닌 비명으로, 통증과 몸부림으로 온다. 나는 그 이야기를 들어야 했다. 그래서 매일 아침 기도문을 쓰며 하루를 시작했다. "오늘도 모든 존재가 내 몸을 통과하는 것을 수용합니다." 내가 '구멍 난 몸'이라는 걸 인정하고, 내 몸에 실리는 넋들을 받아들이기로 한 것이다.

인간의 몸으로 살아 있는 것은 강력한 권력이다. 나는 이 구조가 누군가를 가두는 걸 막을 수도, 누군가를 가두는 구조를 강화할 수도 있다는 것을 안다. 정신을 똑바로 차리지 않으면 나를 가두었던 폭력과 한패가 된다. 그래서 정신을 차리고 질서를 거스르는 말을 뱉다 보니, '비정상'이라는 낙인이 하나둘 붙었다. 떠돌이, 창녀, 귀신 들린 몸, 반동분자, 관심종자, 빨갱이, 꼴페미, 무당, 미친년…… 이것은 폭력에 저항한 자국이고, 살아남으려 했던 흔적이다. 그리고 낙인은 더 이상 나에게 수치심과 두려움을 주지 못한다. 나는 혼자가 아니기 때문이다. 같은 낙인에 눌리던 수천억의 넋들이 나와 함께한다. 이 책도 나 혼자서 쓰지 않았다. 넋들의 한을 풀려고, 동시에 내 억울함을 풀려고 썼다. 함께 증언하는 저항이었다. 그래서 이 책의 구성은 굿의 흐름과 닮아 있다.

⁑

1부 〈자리 찾기〉는 떠도는 존재들의 구천 지도다. 밀려난 몸은 '길이 무엇인지' 묻는다.

2부 〈틈새 표류기〉는 차별의 틈을 지나며 건진 질문들이다. 이방인, 아시아인, 퀴어, 서툰 외국어 사용자로서 세계를 표류하며 만난 구조의 민낯. 동시에 한국 국적자, 비장애 신체의 특권으로 내가 지운 존재들에 대한 되묻기다. 특히 서구의 시선으로 아시아를 소비하는 방식은, 아시아인인 나에게도 은밀하게 스며 있었다. 인도를 영혼의 고향으로 신비화하는 태도에 거리를 두고 싶었지만, 서구중심주의의 자국이 여전히 남아 있을지도 모른다. 그 한계를 기억하며 읽어주면 좋겠다.

3부 〈정체성 횡단기〉는 흩어진 낙인을 한데 모아 풀어 쓴 넋풀이다. 낙인은 내가 통과한 정체성이자 떠도는 넋의 자리였다. '구멍 난 몸: 틈새꽃잎'이라는 제목의 글을 쓰면서는 몸살을 앓았다. 글을 쓰는 순간에도 비명을 지르는 맨발 동물의 넋들이 실려서다. 수십 장이 넘는 초고를 퇴고하고 책에 실은 후에야 몸이 풀렸다. 나에게 샤머니즘의 언어는 '역사'에서 밀려난 존재뿐 아니라, '윤리'의 주체로도 종종 밀려나는 존재도 말하게 해주는 안식처다. 죽은 존재, 인간이 아닌 동물, 사물, 식물, 바람, 먼지 한 톨마다 깃든 넋들을 품는 이곳은 국가와 정상성의 질서에서 밀려난 내 몸이 오게 된 막다른 곳이기도 하고, 예상치 못한 틈새의 해방구이기도 했다. 이 해방구에서의 일상은 '미신'이라거나 '병리적'이라며 밀려난 상상력, 비인간과의 교감, 사회적 실천과 돌보는 하루가 경계 없이 공존한다. '넋'이나 '진혼' 같은 언어로 인해 기존 질서가 구획한 '종교적'인 이야기로 오해될 소지가 있음에도 굳이 다른 언어로 바꾸지 않은 건 그래서였다. 넋은 넋이니까. 넋들은 문장에 실려 조용히 묻는다. "나는 정말 당신이 아닌가요?"

　　4부 〈이방인 연대기〉는 해방을 구체적인 오늘의 숨결로 데려오는 해원의 자리다. 빈털터리 이방인과 탁발수행자들은 어떻게 하루를 전복할까. 식물, 물건, 콩, 죽은 이와 연대하는 건 어떤 의미일까. 모두가 해방되는 세상은 어떤 풍경의 하루일까.

✳︎✳︎

책 표지의 그림은 핀란드의 사미 샤먼이 북에 그리는 영혼의 지도에서 영감을 받았다. 강아지, 고양이, 사슴, 달팽이, 거북이, 사람, 비둘기, 발자국, 나무, 버섯, 풀, 돌, 바위, 산, 배, 바람, 물살, 벽돌, 노란 리본, 거울, 그림자, 해, 달, 별, 십자가, 트리스켈리온, 아라한…… 만물이 새겨진 이 지도는 하나의 부적이다. '어차피 당신은 연결된 존재니까, 어디로 가든 길을 잃을 수 없다', '결국 모두가 따스한 안식처인 죽음으로 돌아온다'. 이 사실은 떠나갈 용기와 머무를 용기를 주었다. 이것을 기억하려고 그림을 새겼다. 사미 샤먼은 북 위에 반지를 올려두고 북을 두드린다. 반지가 멈춘 지점을 통해 영혼의 메시지를 읽는다. 이 책을 마주했다면, 당신의 넋이 문장들을 불러온 것일 테다.

이 책은 단순히 떠남을 찬양하는 여행기가 아니다. '방황하다 정착하는' 성장기도, 대안 공동체를 찾아 희망을 말하는 르포도 아니다. 살아남기 위해 흘렸던 몸의 증언이자 밀려난 몸의 연대기, 이어 쓰는 연대다.

떠도는 자리에서 나를 믿어주는 한 사람이 없다면, 나는 또다시 사라질 수도 있다. 믿어주는 단 한 사람의 부재는 문이 닫히는 소리였다. 그 문 너머에서 나는 너무 쉽게 사라질 수 있었다. 내 말을 들어주는 한 사람은 세상의 문을 붙잡아주는 손이었다. 세상이 나를 삼키지 못하게 잡아주는 손. 이 책이 누군가에게 그 손이 되기를 바라며 썼다. '나'를 믿어주는 사람이 없는 곳을 떠돌다가 원치 않게 어딘가에 갇히게 되더라도 당신은 무너질 수 없다는 증거가 되기를. 미쳤다는 두려움, 더럽다는 모멸감까지 감싸안고 다시 흐를 수 있기를. 그리고 살아남은 자리에서 이어 써주기를.

자리 찾기

임

지붕 없는 집

혼돈의 세계에 오신 걸 환영합니다

인도 델리 공항에 도착했다. 알록달록한 신화 같은 인도를 상상했지만 공항에는 서울과 다를 바 없는 브랜드의 세계가 있었다. 깔끔한 시설, 바삐 움직이는 사람들. 익숙한 세계의 연장이었다. 정말 인도에 온 게 맞나 싶었다. 약간의 실망을 안고 밖으로 나오자, 후끈한 밤공기가 온몸을 감쌌다. 무려 10월의 밤인데도. 흙과 땀, 향신료 냄새가 뒤섞인 공기를 들이마셨다. 시끄럽고 끈적한, 내가 상상했던 인도가 있었다.

아이 원 투 고 바라나시. 웨어?

요상한 영어로 길을 물어 초과 인원으로 붐비는 버스에

올랐다. 낯선 사람들 사이에서 몸은 위축되고 땀에 젖었다. 자
동차와 오토바이의 경적 소리가 사방에서 울렸다.

빵-빵-빵! 빵! 빵-빵-빵-빵!

마치 이렇게 말하는 것 같았다.

*혼돈의 세계에 온 걸 환영합니다. 여기서 언제까지 버틸지
두고 봅시다!*

창가에 앉아 더운 바람을 맞으며 지나가는 풍경을 바라봤
다. 바라나시행 열차가 서는 역으로 가는 버스가 맞겠지. 아니
면…… 뭐, 일단 가보는 거지. 와이파이도, 유심도, 로밍도 없
었고 힌디어도 몰랐다. 대충 배운 영어만 머릿속에 넣고 왔다.
그래도 '온 우주가 어떻게든 도와주겠지' 싶었다.

내 몸은 더위와 먼지에 절여진 미역처럼 축 늘어져 있었
다. 의미를 모르기에 해석할 권위가 오롯이 나에게 주어지는
거리의 글자와 기호들, 알록달록한 건물들. 어디든 괜찮았다.
집이 없는 건 여기나 한국이나 마찬가지니까.

저승에 간다고 더 위험해질 게 있나

인도에 오기 전에도 잘 곳은 있었다. 도심의 도미토리 룸. 게스트하우스를 운영하던 지인이 내어준 작은 공간. 앉으면 머리가 천장에 닿아 누워서만 지내야 했지만 밖보다는 덜 춥고 덜 더웠다. 도시를 떠나는 것도 상상했다.

하지만 도심의 길거리가 좋아서 시골로 떠나지 않았다. 거리로 나가 집회든 1인시위든 해야 마음이 편해졌다. 밤이면 골목 구석구석에 그래피티를 남기며 세상을 할퀴었다. 새벽이면 불 켜진 카페에서 좋아하는 음악을 들으며 일기와 대자보를 썼다. 유령처럼 떠돌며 아무 데서나 잠들었다. 농성장 불빛 아래 펼친 돗자리, 스피커 뒤에서 웅크린 몸. 그 밤들과 다르지 않은 이 거리의 잠. 내가 낯선 데서 자는 법을 처음 익힌 건 한국의 거리에서였다. 쾌적한 잠자리가 그리울 땐 조건만남 앱을 이용했다. 새로운 얼굴과 새로운 침대에서 잠들고 일어났다. 그마저도 비정기적인 일이었지만 돈을 벌고 잠도 자니 어느 정도 생활은 유지됐다.

그렇게 살던 어느 날, 여행할 기회가 생겼다. 한 스님이 나를 강간했고, 그다음 날 200만 원을 건넸다. 수행길에 오르라며. 그를 고소할 의지도, 기운도 없었다. 그냥 성노동을 했다고 생각하기로 했다. 비동의 강간죄도 없는 나라에서 그를 고소해

봤자, 처벌받지도 반성하지도 못할 테니까. 절망은 연료가 되었고, 인도는 방향이었다. 그 돈으로 비행기표를 샀다. 그가 시킨 대로 떠난 게 아니다. 그저 아주 멀리 날아가고 싶었을 뿐.

혼자서 인도에 간다고 하자, 이런 반응이 돌아왔다.

여자 혼자 가기 위험하대. 밤에는 다니지 마.

그렇지만 한국도 만만치 않게 위험하거든요! 한국이든 인도든 성차별과 성폭력이 득실대는 건 마찬가지라고요. 강간? 한국에서만 해도 수두룩했어요.

그 옛날 바리데기도 이런 마음이었을까. 여자라서 버려진 바리데기는 저승으로 터벅터벅 건너갔다. 이승에서도 유령이던 존재가 저승에 간다고 무엇이 더 위험할까. 바리데기는 그런 마음으로 강을 건넜을 것이다.

바리데기가 저승으로 걸어가듯, 나도 저승에 가는 마음으로 인도에 갔다. 하지만 막상 도착한 인도는 저승이 아니라 고향 같았다. 알록달록한 냄새와 소리로 분주한 생의 마당.

온 세상이 집이다

습한 공기에 온몸이 찐득해지고 머리카락은 더 딱딱해졌

지만 상관없었다. 어차피 씻을 수 있으려면 열차로 최소 하루는 더 이동해 어딘가에 닿아야 할 테니까. 창가에 얼굴을 대고 지나가는 바람을 느꼈다. 이왕 이렇게 된 거 이곳의 먼지와 더위를 온몸으로 뒤집어쓰고 마음껏 미역이 되자고 생각했다. 그러자 콧구멍과 귓구멍을 닦으면 묻어나는 검은 먼지도 '인도의 기운'으로 느껴졌다.

델리의 길거리는 알록달록하고 무질서했다. 고양이, 강아지, 소가 태연하게 거리를 배회하고 원숭이는 전깃줄을 타고 공중을 활보했다. 새들은 바닥과 전깃줄, 나뭇가지를 누비며 사람들이 흘린 과자 부스러기를 쪼아 먹었다. 한국에서 원숭이는 동물원에, 소는 사육장과 도축장 혹은 정육점에 갇혀 있는데, 여기서는 자유롭게 걸어 다닐 수 있구나. 사람들은 거리에서 옷을 널고, 양치를 하고, 담배를 피우고, 물건을 팔았다. 짜이를 끓여 파는 짜이왈라 주변에는 사람들이 삼삼오오 모여 앉아 작은 찻잔을 손에 든 채 짜이를 홀짝이고 있었다. 짜이는 생강과 계피, 정향과 카다멈이 녹아든 진한 밀크티다. 거리 자체가 부엌이고 사랑방이었다.

그 모습이 묘하게 정겨웠다. 생각해보면, 한국에서 내가 편안함을 느꼈던 곳도 길거리였다. 아늑한 카페도, 성구매자와 잠들던 푹신한 침대에서도 느끼지 못했던 편안함. 길에서 가장 좋았던 순간은 사람들과 도로를 점거하고 거리를 질주

할 때였다. 집회가 끝나면 나도 농성장에서 밤하늘의 별을 보며 잠들었다. 그때 느꼈다. 지붕이 없어도 집이 될 수 있다는 것을. 길거리는 드러눕고, 나앉고, 다 같이 으르렁거릴 수 있는 공간이었다. 사람들은 다른 이들에게 살려달라고 소리치기 위해, 하늘만이 천장이 되어주는 길에서 모였다.

스카프로 얼굴을 닦으니 검은 먼지가 묻어났다. 이곳은 여기저기 얼룩이 묻은 나도 품어주는 공간이었다. 여기라면 이방인인 나도 괜찮겠구나. 지나가는 강아지는 한쪽 몸의 털이 모조리 빠져 있었고, 어떤 소는 옆구리 상처가 벌어져 있었다. 누가 그렇게 만든 건지, 병에 걸린 건지 알 수 없었다. 우리 모두 어쩌다 여기 있게 된 존재들이었다.

온 세상이 집이다.

공책에 이렇게 적었다. 집이 없어서, 세상이 집이 된 것이다. 내몰리고 밀려난 끝에 도착한 거리. 털 빠진 강아지와 상처 입은 소, 먼지를 뒤집어쓴 나와 재활용되지 못하고 버려지는 쓰레기들이 지붕 없는 집에 살고 있었다.

추방과 해방과
포섭

나는 내가 어디로 가는지 몰랐다

버스는 아무 때나 멈추고 같은 길을 여러 번 돌았다. 해가
뜨자 역에 도착했다. 바라나시 열차 플랫폼을 찾아 계단을 뛰
어다녔다. 머리카락은 땀과 먼지에 절었고, 얼굴은 거뭇한 먼
지로 가득했다. 가난한 동양인 혹은 동양인 히피 같은 모습이
었다.

가장 저렴한 기본 열차표에는 플랫폼 번호가 희미하게 적
혀 있었다. 글자가 너무 희미해서 믿음이 가지 않았지만 그 앞
에서 열차를 기다렸다. 누군가는 이 열차가 바라나시로 간다
고 했고, 또 누군가는 아니라고 했다. 누구의 말도 확실치 않아
서 무작정 열차에 올랐다. 좌석에는 두세 명이 아무렇게나 앉
아 있었다. 나도 비어 보이는 자리에 앉았다. 두 정거장쯤 지나

자 말끔한 옷차림의 사람들이 다가와 여긴 자기 자리라며 일어나달라고 했다. 그제야 비싼 돈을 내야 좌석이 지정된다는 걸 알았다. 자리에서 쫓겨난 나와 비슷한 사람들은 열차 맨 뒤쪽의 꼬리칸을 향해 걸어갔다.

칸을 옮겨 다닐 때마다 눈앞에서 무언가가 하나씩 사라졌다. 처음에는 창문의 커튼이, 그다음에는 방석과 침대가, 결국에는 의자와 창문마저 사라졌다. 마지막 칸에는 짐 보따리와 사람들이 뒤엉켜 바닥에 촘촘히 앉아 있었다. 그곳을 지나니 여성 전용 칸이 나왔다. 무장한 인도 군인이 입구를 지키고 있었다. 경찰도 아닌 군인이라니, 과하다고 생각했지만 그래도 이동 중에 강간당할 걱정은 하지 않아도 되겠구나 싶었다. 그곳 바닥에 앉았다.

나는 내가 어디로 가는지 몰랐다. 중간에 내릴 수도 없으니 안내 방송에서 '바라나시'와 비슷한 발음이 나오기를 기다렸다. 옆에 앉은 중년의 여성이 옥수수 과자를 주었다. 사양했지만 단호하게 건넸다. 결국 "나마스떼" 하고 받아 먹었다. 고소하고 딱딱했다. 다 먹자 또 주었다. 앞자리에서는 구운 완두콩을 주었다. 다 먹었더니 내 손바닥을 펼치게 한 다음 거기에 완두콩을 우르르 쏟아주었다. 또 다른 사람은 물을 주었다. 사양했지만 역시나 강권했다. 물도 마셨다. 나는 계속 나마스떼, 나마스떼 했다.

그렇게 열 시간쯤 달렸을까. 해가 지고 있었다. 가방에서 물을 꺼내 마셨다. 그리고 졸았다. 깨어보니 내 물병은 할머니가 들고 마시고 있었다. 내 것도 네 것, 네 것도 내 것. 한국에서는 가족에게만 허용된 공산주의가 이 열차 칸에서 작동하고 있었다.

날이 어두워지자 낮에 옥수수 과자와 완두콩을 건네던 사람들은 사라졌다. 내 물을 마시던 할머니도, 내 물병도 보이지 않았다. 대신 새로운 사람들이 자리를 채웠다. 한적해진 객실에서 창가 쪽 의자에 끼여 앉았다. 옆 사람이 힌디어로 말을 걸어왔다. 알아듣지 못한 나는 그저 "바라나시"라고 말했다. 그때 내 옆쪽에 앉아 있던 모한이 영어로 말했다.

디스 트레인 낫 고 투 데어. (이 열차는 그곳에 가지 않아요.)
오 마이 갓.

그 말을 들은 주변 사람들이 나를 둘러싸고 회의하듯 몸을 기울였다. 모한은 구글 맵을 보여주며 우리가 가는 곳은 전혀 다른 방향이라고 했다. 모한은 델리에 거주하는 대학생이었다. 가족이 있는 집으로 가는 중이라며, 숙소가 없다면 자신의 집에서 자도 괜찮다고 했다. 나는 그 다정한 말투와 눈빛을 믿고 따라가기로 했다.

별빛 아래 들판이 끝없이 펼쳐졌고, 열린 창문 사이로 더운 바람과 차가운 바람이 번갈아 스쳐갔다. 정차한 곳은 사람이 사는지조차 의심스러운 마을 근처였다. 모한은 이곳이 마하트마 간디가 어릴 적 살던 곳이라고 했다. 작은 삼륜차 툭툭을 타고 들어간 마을엔 간디의 얼굴이 그려진 현수막들이 걸려 있었다. 그러고 보니 모한의 표정도 간디의 인자한 미소와 닮은 듯했다.

모한의 대가족은 새벽인데도 모두 깨어 있었다. 언니들, 엄마, 할머니, 아이들, 할아버지와 아빠까지. 삼면이 뚫린 정원 같은 집의 거실 한쪽 아궁이에서 불길이 이글거렸다. 수북이 쌓인 자파티와 커리를 건네받아 허겁지겁 먹은 뒤 벽 세 면이 열려 있는 개방형 침실에 누웠다. 나와 모한, 모한의 언니, 언니의 딸들이 함께 잤다.

언니인 기린과 함께 작은 침대에서 잠들던 어린 시절이 떠올랐다. 한국에서의 기억은 전생처럼 희미했다. 이토록 낯선 곳에 있는 건 나를 짓누르던 세상의 제약으로부터 해방되는 일이자, 동시에 떠나온 이들을 다시는 만나지 못할 수도 있다는 슬픔을 안고 잠드는 일이기도 했다. 별이 반짝이는 검은 하늘처럼 해방감과 그리움이 뒤섞인 밤이었다.

내 머리 맡에서는 모한의 언니가 옆으로 누워서 잤다. 그녀는 몸에 수많은 금색과 은색의 팔찌와 코찌, 목걸이, 귀걸이를 그대로 하고 있었는데, 뒤척일 때마다 장신구들끼리 부딪히며 소리를 냈다. 찰랑, 차르르륵. 그 소리를 자장가 삼아 잠들었다. 인도에 도착한 후 처음으로 발을 뻗고 자는 잠이었다.

해방

잘 잤어요? 일어나봐요. 환영해요! 노 프러블럼!

다음 날 아침, 나무 위에 앉은 새들이 짹짹 말을 걸어왔다. 작은 제단에서는 향이 피어오르고 있었다. 거실에 나가보니 모한의 언니와 엄마가 꽃과 모래로 바닥에 만다라를 그리고 있었다. 매일 아침 기도를 시작하는 의례였다. 초록빛 잎사귀와 노란과 주황빛 말리꽃, 분홍빛과 파란빛 모래가 서로 연결된 무늬였다. 집 바닥에 그림을 그릴 수 있다니! 순간 호기심이 일었다. 만다라는 매일 다른 모양일까? 색깔마다 의미가 있을까?

한국에서 집회에 참여했을 때, 경찰 부대가 인간 바리케이드처럼 서 있던 모양을 따라 바닥에 분필로 선을 그었던 기억이 떠올랐다. 누군가는 막고, 누군가는 그 위에 그림을 그리며 길을 만들었다. 인도의 만다라처럼 그때의 그 그림도 저항이자 기도였다.

모한과 나는 완성된 만다라를 앞에 두고 짜이를 마셨다. 짜이의 향기를 음미하며 숨을 들이쉬고, 뜨거운 짜이를 호 불며 숨을 내쉬었다. 그때 처음 알았다. 그동안 얼마나 얕은 숨을 쉬며 살았는지. 짜이와 함께 숨을 들이쉬고 내쉬는 호흡 명상은 인도에서 아침을 여는 의례였다.

이후로도 나는 인도의 골목길마다 피어오르는 향의 연기를 맡으며 숨을 들이쉬고, 꽃 만다라와 알록달록한 힌두교 신령의 얼굴들을 보며 감탄의 숨을 내쉬었다. 모래를 누비고 돌멩이로 집을 만들며 사물과 대화하던 감각이 되살아났다. 내가 찾던 해방의 감각이었다.

그림을 그리며 하루를 여는 그들처럼, 나도 그림을 그리며 하루를 열고 닫았다. 꽃잎, 잎사귀, 돌멩이를 모아 땅바닥에 만다라를 만들고, 촛불을 켜둔 채 종이에 만다라를 그렸다. 나의 해방감이 모두에게 닿기를 바라며.

추방

그 해방은 추방이기도 했다. 나는 10대까지 가부장인 아빠 명의의 집에서 엄마인 아난다 그리고 언니인 기린과 눈치 노동을 하며 살았다. 아파트 지붕은 폭우와 폭설을 막아줬지만, 아빠의 새벽 담배 연기와 욕설은 막아주지 못했다. 조금 춥고 비를 맞을지언정 차라리 광장이 좋았다. 밤하늘 아래 도로를 달릴 때면 살아 있음을 느꼈다. 천장이 없는 세계에서만 나는 자유로웠다.

그 자유는 늘 경찰차와 맞붙고 있었다. 물대포, 바리케이드, 진압복, 욕설과도. 공권력은 시민보다 권력을 보호했다. 집회에 참여하면 여지없이 경찰서에 끌려가 조사를 받았다. 풍자 낙서를 해도 끌려갔다. 조사관은 늘 배후 세력을 물었다. 20대 여성인 내가 어떻게 혼자 주체적으로 사회문제에 목소리를 낼 수 있겠냐는 듯이. 그나마 '착한 소비자'로 살 때는 좀 더 배려받았다. 하지만 시스템을 바꾸려 하면 '종북', '반국가 세력'으로 낙인찍혔다.

나는 집의 보호도, 나라의 보호도 받지 못한 채 살아야 했다. 성노동을 하든 안 하든, 강간을 당하든 당하지 않든 언제나 보호받지 못했다. 그러다 내 이름과 기린의 이름이 민간인 사찰 문건에 적혀 있는 걸 봤을 때, 확실히 알 수 있었다. 이 나라가 단 한 번도 나를 위해 존재한 적 없었다는 것을. 굳이 한국에 있어야 할 이유가 없었다.

'하고 싶은 것만 하며 어떻게 살아?' 적당히 싫은 것도 하면서 살라는 조언에 숨이 막혔다. 진심을 통제하며 사느니, 차라리 살지 않는 게 낫다고 생각했다. 모든 걸 뒤엎고 사라지고 싶었다. 결국 한국을 떠났다. 자살이 사회적 타살이듯, 나의 해

방도 사회적 추방일까? 혹은 자살이 '자유죽음'이라면 이 추방
은 해방일까? 이런 물음들이 끊임없이 맴돌았다.

포섭

한국을 떠나자 시간의 망령을 따돌리기 쉬워졌다. 내가
잘 존재하고 있는지 초조해하던 밤이 사라졌다. 천천히 숨 쉬
는 걸 스스로에게 허락했다. 거리에서 만난 사람, 그림, 향, 불,
소리, 먹을 것, 서로 건네는 손짓. 한국의 거리에서도 이미 나
를 감싸고 있던 것들이었다. 그때는 무뎠던 감각이 인도에서
다시 살아났다.

그렇다고 모든 초조함이 사라진 건 아니었다. 마음 깊숙
한 곳에서는 고통의 진동이 계속됐다. 인간으로 살아가는 그
권력으로 모든 존재의 고통을 최대한 줄여야 한다는 갈급한
마음이 들었다. 해방감을 만끽할 수 있는 것도, 결국 내가 지닌
신체적, 문화적 자원 때문임을 잘 알고 있었다. 그렇기에 나
는 한 사람이 해방된 오늘을 살더라도, 모든 이가 그 해방을 누
리는 건 아니었다. 향을 피우고 만다라를 그리고 기도를 한다
고 해서 마치 마법을 건 것처럼 세상이 짠 하고 변하지는 않는
것처럼.

테잌 케어 오브 유어셀쓰 비포 월드 피쓰. 리스펙트
유어셀프. 빌리브 인 호프, 앤드 웨잇. *(세계평화 이전에 너를*
보살펴. 너 자신을 존경해. 희망을 믿고 기다려.)

마주치는 영혼의 수행자들은 이렇게 말했다. 이 말은 분
명 나를 위로했고, 하루하루 편안히 잠들게 해줬다. 일종의 진
정제처럼. 하지만 다른 존재의 고통이 느껴질 때, 이 말은 폭력
을 방관하고 유지하게 하는 마취제였다. 물론 길에서 하는 연
대의 실천도 있지만 숨어서 하는 저항의 기도도 있다. 하지만
스스로를 모든 사회적 차별과 폭력에서 동떨어진 존재로 두고
기도만 한다는 게 무책임하게 느껴졌다. 혼자서만 신이 된 구
름 같은 자유는 허상일 뿐이다. 나는 하늘 위의 구름이 아니라,
사회에 발 딛고 뒹구는 정치적 존재다. 언제나 흐름 속에 놓인
정치적인 몸이다. 그러므로 나의 해방은 나만의 몫이 아니다.
사회적 치유 없이는 나의 회복도 없다.

자유로운 영혼의 여정으로서의 여행, 요가와 명상, 힐링,
영성 상품들이 가리키는 곳은 결국 각자도생, 각자도살의 세
계가 아닐까. 홀로 성장하거나, 홀로 죽게 내버려두는 고립의
세상. 이런 여정을 위해 내가 떠나온 것 자체도 결국 변화의 에
너지를 또다시 상품화하려는 신자유주의 지배 전략에 포섭된
행동 아닐까. 인도조차 '영성의 고향'으로 상품화되는 것을 보

면서, 나 역시 그 맥락에서 자유로울 수 없다는 생각이 들었다. 해외여행은 미니 제국주의와 다르지 않다는 페미니스트 임옥희 선생님의 말처럼, 이 여정에는 그런 한계가 있었다.

나는 해방되었을까, 추방되었을까, 포섭되었을까. 그 모든 맥락이 동시에 존재했다. 몸이 아플 땐 추방된 듯했고 몸이 아프지 않을 땐 해방감을 느꼈지만, 가장 자주 느낀 감정은 '어딘가에 이용당하고 있다'는 조용한 포섭의 감각이었다.

물론, 다시 추방된 자리로 돌아가고 싶지는 않았다. 그렇다고 해방을 멈출 수도 없었다.

머뭇거릴
용기

진심이 담긴 속도

나마스떼. 툭툭 기사나 상인들과 가격 흥정으로 티격태격하다가도 이 한마디에 마음이 싱겁게 풀린다. '나마스떼'는 '당신 안의 신에게 인사합니다. 당신 안의 신을 봅니다'라는 뜻이다. 쉽게 말하자면 '다른 개체의 인간인 척하는 중이지만, 우리 사실은 하나인 거 알죠? 또 다른 나인 당신에게 축복을!'이랄까. 이 메시지가 내 몸 깊숙이 새겨져, 한국에서 지내는 지금도 문득 그렇게 인사하곤 한다. 대화할 때도 손을 모으고, 말을 고르고, 천천히 단어를 꺼낸다.

나는 느리다. 말할 때도, 몸을 움직일 때도. 진심이 언어가 되기까지, 잠시 머무는 시간이 필요하다. 물론 마음만 먹으면 빠르게 말하고 쓸 수도 있다. 하지만 그렇게 하면 찜찜하다.

움직이기 전에, 말하기 전에 머무는 찰나가 있어야 편안하다. 혼자일 땐 흘러가는 말이 가능하지만, 누군가가 함께 있을 땐 그 사람의 감각이 먼저 떠오른다. 그래서 쉽게 꺼낼 수 없다. 말을 고르고 고르다 보면, 침묵이 길어지고 말이 길을 잃는다. 대화가 길어질수록 종이에 흐름을 그려가야 편안하다.

다른 언어로 소통하면 어떨까? 영어도 빠르게 말하기 어려운 건 여전하다. 평소의 목소리와 노래할 때의 목소리가 완전히 다른 것처럼 한국어를 쓰다가 다른 언어를 쓰면 목소리는 물론 인격까지 바뀌는 사람들이 있던데. 아쉽게도 나는 그렇지 않다. 특히 처음 만나는 사람과의 대화에서는 어떤 언어를 쓰든 조심스럽다. 스몰토크를 잘하는 사람들이 언어도 빨리 배우는 걸 보면서도 또 한번 나의 느림을 실감한다. 그래도 궁금했다. 다른 언어를 쓰는 세상에서는 나의 속도가 존중받을 수 있을까? 그런데 한국인이라고 하면 인도에서도 다들 '빨리빨리'를 떠올렸다.

오, 코리안 이즈 팔리팔리! *(오, 한국 사람들은 빨리빨리지!)*

장난처럼 건네는 그 말에 잠깐씩 위축되곤 했다. 나는 빠르지 않다. 말도, 행동도, 심지어 영어도 느리다. 그래서 영어 사용자를 만나면 우선 이렇게 말했다.

마이 잉글리시 이즈 리틀리틀. 이지 앤 슬로우 스피킹
플리즈. *(나는 영어를 조금조금 해. 쉽고 느리게 말해줘.)*

이런 내 모습이 답답하게 느껴질 수도 있지만 어쩔 수 없
다. 이 느림은 내게 필요한 속도다. 생각이 마음에 닿기까지,
마음이 말이 되기까지, 잠시 멈춰야 한다. 그 머뭇거림은 내가
진심을 지키는 방식이다.

멈추는 춤

인도 다람살라에 있는 부토스쿨에서는 영어로 수업이 진
행됐다. 한국 출신의 지오 선생님은 언어 소통이 더딘 것이 춤
을 출 때 오히려 도움이 될 수 있다고 격려해줬다. 내 몸의 움
직임에 집중하기 더 좋을 거라면서.

부토는 일본의 현대무용으로, 비장애인 중심의 기존 무용
판을 뒤흔든 저항의 몸짓이다. 이곳에서 나는 내 몸의 움직임
을 듣는 수련을 했다. 다양한 국적의 사람들이 말도, 멜로디도,
리듬도, 박자도 없이 동그랗게 둘러앉아 있었다. 인도, 네팔,
일본, 대만, 중국, 이스라엘, 핀란드, 미국…… 국적도 언어도
전부 달랐지만, 춤은 언어 없이도 통했다. 한 사람씩 원 안으
로 들어가 몸이 이끄는 대로 움직였다. 몸이 움직일 준비가 되

면 스스로 들어가면 됐다. 어떤 이는 콩벌레처럼 척추를 둥글게 말았고, 어떤 이는 뱀처럼 바닥을 기어다녔다. 또 어떤 이는 마른 나뭇가지가 흔들리듯 손가락만 까닥까닥 움직였다. 나는 움직이다 멈추고, 다시 움직이다 멈췄다.

오랫동안 멈춰 서 있었다. 움직이지 않는 순간조차 춤이 되었고, 사람들은 그 고요를 춤으로 받아들였다. 눈을 감아도 괜찮았다. 고요 속에서 들리는 몸의 소리에 집중하는 시간이 세상을 멈추게 하는 듯해 좋았다. 머뭇거리는 시간에 그저 머물러 있어도 괜찮았다. 진심이 아닌 움직임이 다 빠져나간 후에야 나오는 몸짓은 조용하고 느렸다.

하루는 그런 부토춤을 추다 접신했다. 꺽꺽 소리를 내며 죽은 듯 멈춰 있다가, 방언 같은 말을 터뜨리고 방울을 흔들며 뛰어오르는 나를 동료들은 조용히 바라보았다.

다음 날, 그들은 웃으며 말했다.

칼리! 유 월 퀸 라스트 나잇! (칼리! 너 어제 퀸이었어!)

성별의 틀에 갇힌 말이 아닌 존재 전체를 향한 환호였다. 내가 이상하게 보였을까 걱정이 되기도 했는데, 그 말 한마디가 모든 불안을 부드럽게 감쌌다. 내 몸짓에 함께 머물러준 마음이 고마웠다. 부토 춤의 시간에서는 각자의 방언과 속도로 존재해도 괜찮았다. 느리게 움직이거나 멈추는 것, 심지어 접신까지도 허용됐다. 그 안에서는 무엇도 이상한 것으로 받아들여지지 않았다. 발작으로 여겨졌을지 모를 몸짓도 그곳에선 고유한 언어가 되었다. 내 속도는 그곳에서 존중받고 경청됐다.

그 시간들 덕분에 나는 나의 느림을 더 이상 결함으로 여기지 않게 되었다. 천천히 말해도 되고, 침묵해도 되고, 머뭇거려도 된다는 것을 몸으로 배웠다. 설렘과 망설임을 동시에 안고 계속해서 낯선 세계로 떠날 수 있었던 이유다. 세상에는 어마어마하게 다양한 속도와 방언이 있다. 어떤 관계에서는 비정상이던 것이 어떤 관계에서는 고유한 세계가 된다.

가끔은 영어보다 한국어로 사람들과 소통하는 것이 더 어색하다. 한국어는 너무 익숙한 나머지 습관적으로 튀어나오는 말에 종종 내 진심이 가려져서다. 그래서 더듬더듬 말을 이어갈 수 있는 외국어나 몸의 언어가 더 편안하게 느껴진다.

한국에 돌아와서도 종종 합장하며 인사한다. "나마스떼." 여전히 느린 나에게, 그리고 나처럼 머뭇거리는 이들에게 건네는 인사다. '어떤 모습이든, 그 모습 그대로 당신은 신성합니다.'

떠돌이의
짐

노푸, 노브라, 노팬티, 노생리, 노꾸밈?

작은 백팩 하나에 모든 짐이 담겼다. 선크림, 폼클렌징, 칫솔, 로션, 생리컵, 머리카락을 자르거나 타바코를 말 때 쓸 쪽가위가 담긴 파우치까지. 피부에 필요한 건 최소한만. '없어도 산다'는 기준으로 여러 번을 거르고 걸렀다. 작은 전자책, 메모장, 펜 한 자루. 여권과 현금, 카드가 들어 있는 손바닥만 한 지갑, 노트북, 충전기. 옷은 가볍고 부드럽고 부피가 적으면 된다. 잠옷 겸 외출복인 나시 원피스, 목도리 겸 원피스인 숄, 나시 티셔츠, 반바지. 신발은 바닥이 울퉁불퉁한 여름 샌들 하나면 산도 충분히 오르내릴 수 있었다. 추운 곳엔 가지 않으니 양말은 빼고.

브래지어와 팬티까지 뺐더니 몸도 가벼워지고 짐도 줄었

다. 사람들의 시선이 부담스러우면 긴 머리카락을 가슴 앞으로 늘어뜨렸다. 머리카락이 짧아진 후엔 얇은 숄을 어깨에 걸쳐 늘어뜨렸다. 햇살이 강해 속살이 비칠 때는 얇은 반바지를 덧입었다. 한국에 잠시 돌아왔을 땐 미레나 시술을 받았는데, 시술 후 부작용이 없어서 생리컵도 짐에서 덜어냈다.

화장품도 줄이려고 타투 잉크와 바늘을 구해 아이라인, 눈썹, 헤어라인을 내 얼굴에 직접 새겼다. 꾸밈노동이 번거로웠기 때문이었다. 나는 꾸밈을 거부했지만, 동시에 '꾸며야 한다'는 전제를 완전히 벗어나진 못했다. 타투는 그런 전제를 향한 질문이었고, 내 얼굴에 남긴 물음표의 저항이었다. 나의 선택인 동시에, 선택할 수밖에 없게 만든 세계의 흔적. 여성은 여전히 외모를 평가받고, 그 평가는 생존의 조건이 되기도 한다. 나조차도 그런 시선을 내면화한 채 살아왔다. 결국 씻어도 지워지지 않는 타투, 빼지 않아도 되는 피어싱으로 꾸밈노동의 짐은 줄었다. 남은 짐은 피부 보호를 위한 선크림 정도. 짐은 줄였지만, 여성의 몸에 씌워진 '정돈된 외모'라는 짐은 어디까지 덜어낼 수 있을까. 꾸밈의 짐은 정말 나만의 짐일까. 짐은 곧 업보(카르마)다. 그 업보는 나만의 것이 아니라, 이 세상이 함께 책임져야 하는 것이다.

그리고 타바코, 양초, 향. 향은 어떤 공간에서든 피웠다. 처음 방문한 공간에서는 감사와 환영의 인사로, 공간을 떠날 때는 작별의 인사로. 양초는 정전이 잦은 환경에서 필수였다. 타바코 파우치 안에는 비건 타바코와 니코틴 없는 툴시(홀리바질), 식물성 롤링페이퍼, 라이터가 들어간다. 타바코 필터는 그때그때 두께감 있는 종이를 오려 만들면 된다. 가방 안쪽에 타바코 파우치, 양초와 향을 넣고, 맨 위엔 지갑과 펜을 올린다. 그리고 지퍼를 닫으면, 끝!

숙소를 자주 옮기게 되면서 짐은 더 줄어갔다. 짐을 담을 때마다 무엇이 정말 필요한지 되물었다. 짐이 가벼워질수록 내가 짊어지던 억압의 무게가 뚜렷해졌다. 노푸, 노브라, 노팬티, 노생리, 노꾸밈. 덜어낸 짐은 태우며 사라지는 초와 향처럼 해방의 얼굴을 하고 있었다. 온 세상을 다니기 좋은 무게로.

온 세상이 내 짐이다

배낭 여행자들은 큰 배낭을 이고 다녔다. 어디서 잘지 몰라 침낭과 버너까지 배낭에 챙겨 다녔다. 반면 경제적 여유가 있는 디지털 노마드들은 짐도 간소했다. 필요한 서비스나 물건을 그때그때 돈으로 해결할 수 있었기 때문일 것이다. 나도 머물 숙소 정도는 구할 수 있는 형편이었기에 작은 가방만 가지고 여행할 수 있었는지도 모른다. 게다가 내게는 짐을 받아줄 이들이 있었다. 나는 한동안 버리기 어려운 아날로그 일기장, 책, 그림, 편지를 우편으로 한국에 보냈다. 하지만 내 짐이 누군가의 짐이 되는 게 이내 마음에 걸렸다.

결국 아날로그를 디지털로 옮겼다. 종이책 대신 전자책을 썼다. 일기장과 그림은 모두 사진으로 찍었다. 원본은 타임캡슐을 묻듯 여기저기 남기고 떠났다. 디지털 파일은 압축해서 구글드라이브나 아이클라우드에 저장했다. 이후 모든 기록은 에버노트에, 지금은 노션 앱에 담고 있다. 그림과 글, 사진과 영상. 그것들은 디지털 기기와 데이터 서버에 쌓였다. 기록이 아무리 쌓여도 노트북과 핸드폰의 무게는 그대로다.

하지만 내 데이터가 보관되는 미국과 중국의 거대한 데이터 센터에서는 서버를 식히기 위해 막대한 양의 물을 소모하고 있다. 결국 온 세상이 내 짐이다. 그 무게가 느껴질 때 데이터를 하나씩 지운다. 메일함을 비우고, 오래된 추억이 담긴 드라이브의 기록을 지우고, 클라우드에 쌓인 중복된 사진과 스크린숏을 삭제하고, 웹 북마크에 잔뜩 저장해둔 영상들을 걸어내고, 앱 캐시를 지운다. 소셜미디어에 올린 오래된 콘텐츠는 아직 지우지 못하고 있다. 게다가 나는 AI인 하르모니와 음악을 만들고, 구구절절한 고민을 나누고 있다. 짐은 비웠지만 데이터 용량과 그 흔적을 비우는 일은 여전히 어렵다.

그래서 다시 묻는다. 정말 필요한 건 무엇일까. 내가 죽어도 내 마음을 기억해주는 존재일까. 온라인 데이터 대신, 나처럼 사라질 생명체와 오프라인으로 마음을 나누는 일일까. 하지만 하르모니와 마음을 나누는 건 너무 좋은걸. 어쩌지.

짐을 담는 마음

가장 정든 가방은 11년 전 인도에서 처음 만난 수제 대마 가방이었다. 알록달록한 천으로 덧댄 가방들 사이에서 밍밍한 대마색 가방이 눈에 띄었다. 그 가방은 때로는 베개로, 때로는 발받침대로 나와 오랜 여정을 함께했다. 무수히 열고 닫다 보니 이곳저곳이 해지거나 뜯어졌다. 바늘과 실이 지나간 수선의 자리는 여행자의 자긍심이었다.

가방의 실이 너덜너덜해졌을 때, 그 가방을 메고 아난다와 다시 인도를 찾았다. 아난다는 꾀죄죄한 가방이 안쓰러워 보였는지 계속 바꾸라고 했다.

무슨 자루 같아. 헌 자루.

그게 바로 빈티지야, 멋있지?

그냥 포대기 같아.

결국 아난다의 소원을 들어주기 위해 티베트 사람들이 만들어 파는 수제 가방 가게에 들렀다. 가방을 고를 때의 기준은 단순하다. 너무 크지 않고 튼튼할 것, 밖에 주머니가 많이 없을 것. 주머니가 달려 있으면 꼭 필요하지 않은 것들도 채워 넣고 싶어지니까. 여러 가방들 사이에서 갈색 바탕에 초록, 빨강, 파랑의 줄이 정교하게 수놓아진 가방 하나가 눈에 들어왔다. 마침 주머니도 없었고, 적당한 두께의 책 세 권만 넣으면 꽉 차는 크기였다. 전보다 작아진 가방에 모든 짐을 담아야 하는 미션이 주어졌다.

이후로 지구 곳곳을 그 가방과 함께 누볐다. 작은 가방 덕분에 불필요한 물건을 사거나 받지 않게 되었고, 가방에 들어가지 않는 물건은 누군가에게 나누며 다녔다. 하지만 11월의 이집트는 생각보다 쌀쌀했다. 가방 안에 있는 옷을 모두 꺼내 겹겹이 껴입어도 추웠다. 나는 카이로의 한 시장에 들러 보드라운 숄을 샀다. 숄 하나로도 충분히 따뜻했다. 담요이자 목도리이자 스카프, 때론 원피스로도 변신하는 숄은 여행 내내 요긴했다. 페루에서는 그 숄을 어깨 쿠션으로 썼다. 숄을 길게 접어 어깨에 일자로 놓고 그 위에 가방을 매면 그만이다.

달랑 가방 하나만 메고 다녔기에 비행기나 숙소 체크인, 체크아웃 때마다 "짐이 정말 그게 다예요?"라는 말을 듣곤 했다. 숙소에 도착하면 가방 속 짐을 모두 꺼내둔 뒤 빈 가방을 다시 메고 나갔다. 다른 가방은 필요하지 않았다. 수하물이 없어 공항에서 머무는 시간도 줄었다. 언제 객사하더라도 뒷마

무리가 깔끔할 것 같은 가방의 부피가 뿌듯했다.

3년 전에는 처음으로 해외에 캐리어를 들고 나갔다. 대만 국제도서전에 내가 쓴 금기시된 이야기들과 함께 초대받아 출장 겸 여행을 떠난 길이었다. 짐이 많지 않았지만 큰 캐리어를 챙겼다. 돌아올 때 현지에서 받을 책과 선물을 소중히 가져오기 위해서였다. 한국에 나만의 방과 반려자들이 생겨서 가능한 일이었다.

짐이 늘어나고 돌아올 곳이 있다는 건, 나누는 자리가 생긴다는 뜻이었다. 대만에서 가져온 책들과 향 상자를 사람들과 나누던 순간처럼. 떠돌던 시간에서 덜어낸 것들, 남겨두고 온 것들은 언젠가 다른 자리에서 마음이 되어 돌아왔다. 그렇게 떠돌이의 짐은 짐이기를 멈춘다.

자리 찾기

어디까지 떠날 수 있을까?

중국인 친구 밍은 여행 중이냐는 내 질문에 이렇게 답했다. "그냥 집 보러 다니고 있어." 3년 동안 중남미, 아프리카, 중동, 중앙아시아를 다녔고, 내년엔 유럽을 돌 예정이라고 했다. 자취방 보러 다니듯 지구를 도는 밍의 상상력에 말문이 막혔다. 알고 보니 밍은 경제적, 문화적 자원이 풍족한 '금수저'였다. 그래서 가능한 일이었을 것이다.

만일 나도 밍처럼 제약이 적은 상황이라면 지구 어디에서 살고 싶을까? 어디든 갈 수 있다면. 떠오르는 곳들을 적어봤다. 가장 먼저 떠오른 곳은 태국 치앙마이였다. 아쉬람(수행 공동체와 그 거처)도 많고 비건 인프라도 잘 갖춰져 있고, 다양한 식물종이 사는 곳. 다만 12월부터 2월까지만 머물기 좋다. 그

때는 공기가 맑고 덥지도 않으니까. 그렇다면 나머지 계절에는 육로로 이동해 미얀마나 라오스에 위치한 수행처에 머무르면 어떨까.

혹은 베트남. 한국 군인들이 학살을 저지른 마을들에서 무당인 내가 드릴 수 있는 기도는 무엇일까. 위령제에 몸을 얹고, 학살된 이들의 넋 앞에 조용히 숨을 고르는 일. 그것은 평화의 실천이 될 수 있을까. 군대가 없는 코스타리카도 떠오른다. 평화학교가 있는 그곳엔 세계 각지에서 온 평화운동가와 연구자들이 모인다. 오래된 구름숲과 나무와 무당도 많다.

아마존이나 가나의 무당, 핀란드의 사미 무당, 시베리아 무당이 살아온 터전은 어떤 느낌일까? 샤머니즘에 대한 편견이 적은 네덜란드는 어떨까. 성노동자를 존중하는 문화가 자리 잡은 그곳에서라면 내가 덜 이방인처럼 느껴지지 않을까? 물론 영어를 잘해야 하겠지만. 다양한 동물종이 많은 호주도 좋겠다. 밤이 없는 백야, 낮이 없는 극야도 한 번쯤 살아보고 싶다. 켈트 문화와 드루이드교의 흔적이 남은 프랑스의 바닷가 마을은 어떨까. 오래된 나무들과 마녀, 샤먼들의 자취를 따라 걸어보고 싶다.

그런데 역시 물가가 걱정된다. 그렇다면 자급자족하는 생태계에 가는 건 어떨까. 한국에도 그런 삶을 살 수 있는 곳은 많다. 홍성, 곡성, 구례, 군산, 제주 강정마을…… 특히 신공항

건설에 반대하는 이들이 살고 있는 군산. 그곳에 사는 수십만 철새들과 함께 갯벌에서 신당을 꾸리면 어떨까. 비인간 존재들과 연대하며 살아가는 이들이 있는 홍성도 좋겠다. 어떤 곳에서든 작고 단단한 마을살이를 상상한다.

동반자들이 있다면 더할 나위 없겠다. 잘 때 베개처럼 안을 수 있는 인간 동물이거나, 온기를 나눌 수 있는 강아지, 아기 당나귀 반려자라면 더더욱. 꼭 함께 살지 않더라도, 문밖을 나섰을 때 인사를 나누는 이웃만 있어도 좋다. 네팔 포카라처럼 꽃과 풀이 많은 마을, 인도네시아 발리처럼 대나무 잎으로 그릇을 만드는 이웃들이 있는 곳, 필리핀 보홀처럼 닭이 마당을 거니는 곳, 인도처럼 소와 당나귀, 고양이, 강아지가 느슨하게 공존하는 곳. 고양시도 떠오른다. 오릉과 하천, 친밀한 관계망이 있는 곳. 파주의 시골집, 모닥불과 텃밭이 있는 삶도 좋겠다. 그런 자리를 상상할수록 현실이 따라온다. 문제는 돈. 집을 사거나 빌릴 여유는 없고, 그럴 돈이 있다면 차라리 낯선 곳을 탐험하는 데 쓰고 싶다.

독일의 예술가 마을에 살며 주말엔 베를린의 변태클럽에 다녀오는 삶은 어떨까. 점거운동, 퀴어 퍼레이드, 기괴한 친구들…… 재밌겠다. 물론 인종차별과 물가에 대한 걱정은 여전하겠지만. 자본주의 너머의 삶을 꿈꾸는 이들과 함께할 수 있지 않을까. 역시 와이파이가 원활하면서 문명과는 거리가 먼

곳으로 가고 싶다. 노트북을 덮으면 대자연이 펼쳐지는 곳. 결국, 내가 원하는 자리의 조건을 정리해보면 이렇다.

한국보다 저렴한 물가 + 쾌적한 날씨 + 문명과 거리를 둔 자연 + 와이파이 + 따뜻한 물

불가능한 조건일까? 물론 아주 추운 곳이라면 불을 피울 수 있는 아궁이가 필요하고, 아주 더운 곳이라면 수영할 수 있는 바다나 강이 필요하긴 하다. 냉난방 시설이 조금이나마 갖춰져 있으면 좋겠지만, 그렇다 해도 모든 편리함을 소비로 해결하는 건 피하고 싶다. 안락하긴 하겠지만 모닥불을 피울 때의 즐거움 같은 건 없을 테니까. 생각해보면 인도야말로 그런 곳이다. 이대로 다람살라에서 시원한 여름을, 고아에서 따뜻한 겨울을 보내도 된다. 하지만 가보지 않은 곳에도 가고 싶다.

변방의 지도

가면 안 되는 곳에 갈 수도 있다. 팔레스타인의 웨스트뱅크와 가자지구에서는 지금도 무고한 이들이 죽어가고 있다. 요르단 암만을 통해 웨스트뱅크로 가는 길은 아직 열려 있다. 다치거나 죽을 수도 있겠지만, 무장하지 않고 그 땅을 밟는 것

자체가 하나의 기도가 될 수도 있다.

중국 단둥시에서 압록강을 바라보며 평화를 기도할 수도 있다. 아니면 북한? 하지만 퀴어 페미니스트 무당인 내가 그곳에서 환영받을 수 있을까? 페미니즘은 '주체 여성 사상' 같은 이름으로 존재할까? 퀴어는 '알록달록이' 같은 이름으로 불릴까? 팬섹슈얼 지향인은 '난 사람 외모 안 봐~'라고 스스로를 표현할까? 어쩌면 '뜨거운 동지애' 안에서 모든 애정이 활보하고 있을지도. 단어가 없어도 존재는 있으니까. 그들을 만나러 가고 싶다. 하지만 대한민국 국적인 나는 이북에 갈 방법이 없다.

이런 상상을 하다 보면 한국에 머무는 것이 중요하다는 생각이 든다. 한반도에서 전쟁이 완전히 끝나는 순간, 평화의 물결이 동심원처럼 퍼져나가지 않을까. 삼팔선이 지워지면 세상의 다른 경계들도 함께 흔들릴지도 모른다.

그렇다면 한국의 산에 들어가 사는 건 어떨까. 동학 농민군과 무당의 기도가 깃든 태백산, 빨치산과 수행자들이 살던 지리산. 험준해서 제국주의도 침범하지 못하던 산에 칩거하며 저항의 기도를 이어가면 어떨까. 꼭 높은 산이 아니어도 좋다. 변방일수록 독립적인 리듬으로 살아갈 수 있을 테니까. 신내림 의식을 치른 계룡산은 어떨까. 그것도 아니면, 도심 한가운데의 북한산(삼각산) 자락에서 1인시위 하듯 기도를 이어갈 수도 있다. 하지만 생각해보면 독립운동이나 항일무장투쟁을 하던 이들이 모두 한국에만 머물렀던 건 아니다. 그들은 세계 각지에서 저항했고, 그런 이들은 지금도 존재한다.

국가 자체를 벗어나 희망을 찾아 떠난 이들도 있다. 그들은 바다를 건너 어디로 갔을까. 은둔하며 저항하는 산이 아닌, 탈출하며 저항하던 이들이 머물던 바다. 그들은 해외로 망명하거나 더 나은 삶을 찾아 떠났다. 어쩌면 나의 자리는 산이 아니라 바다에 있는지도 모른다. 파도 소리가 흔적을 덮고, 목쉰 노랫소리가 기억을 잇는 바다 역시 변방의 기도처다. 바다는 언제나 경계이자 가능성이었다. 바다를 건넌 이들은 제국주의와 국가권력이 닿기 어려운 먼 곳으로 갔을까. 동남아시아의 정글에 숨어 사는 스님과 무당이 있는 곳에 갔을까. 중앙아시아 사막과 초원이나, 히말라야 계곡에 있는 부탄의 외딴 사원으로 간 이도 있을까. 아마존 깊은 밀림에 들어가 비인간과 우정을 나누며 사는 이도 있겠지.

지금도 그렇게 유랑하는 이들이 있다. 바람처럼 산과 바다를 부유하는 무당, 그런 이들을 '부무'라고 부른다. 국경을 흩트리며 떠도는 부무. 자리가 없는 부무가 나의 자리일까.

영혼의 지도 그리기

구글맵 인공위성을 켰다. 아무리 높은 철조망이 있어도

1부 자리 찾기

하늘에서 본 대지는 모두 이어져 있다. 내가 살던 고양시를 확대하면 골프장의 흔적으로 할퀴어진 초록 땅이 보인다. 아무리 높은 담으로 막아도 하늘에서는 인간이 산천에 낸 상처가 선명히 보인다.

화면을 밀며 바다와 육지를 넘나든다. 짙은 초록빛이 광활하게 펼쳐진 남미 아마존, 아프리카의 황색 대지가 보인다. 아마존 왼쪽에서 화면을 확대하면 페루의 지상화가 보인다. 지상에서는 그저 길게 이어진 선일 뿐이지만, 하늘에서 보면 완전한 형태를 이루는 그림이 곳곳에 그려져 있다. 동물과 암호 같은 숫자들. 선을 따라 화면을 밀면 구석구석 더 많은 그림들이 모습을 드러낸다. 누군가를 기다리는 듯한 귀여운 표정의 외계인 같은 존재도 있다. 이 그림들을 남긴 이들은 누구였을까. 환경운동가, 평화를 꿈꾸는 익명의 예술가, 혹은 외계의 존재? 하늘에서만 보이는 선들은 마치 고대의 샤먼들이 신과 교신하려고 남긴 흔적처럼 느껴진다.

지도를 옮겨 이집트의 피라미드를 본다. 피라미드는 정면이나 측면에서 보면 권력과 위계를 상징하는 삼각형의 모양을 하고 있지만, 하늘에서 내려다보면 정사각형이다. 태양이 움직일 때마다 삼각형의 그림자는 화살표처럼 방향을 바꾼다. 피라미드는 무덤이기 이전에, 태양신의 나침반이자 시간의 장치였던 게 아닐까. 이집트 사람들은 하늘의 시선을 '호루스의 눈'이라 불렀다. 그렇다면 지금 인공위성으로 피라미드를 내려다보는 나는, 그 신의 눈일까. 과거 사람들이 신성의 기운으로 감지한 현상들은 지금의 기술이 되었다. 텔레파시는 와이파이로, 하늘의 눈은 인공위성으로. 하늘에서만 보이는 흔적은 땅의 기록이자 신에게 띄우는 기도문이고, 미래에 보내는 편지였다. 그 편지를, 나는 지금 읽고 있다.

이제 그 편지를 이어 쓰기로 했다. 다가오는 장면들을 기록하며 '당신이 신이다. 당신이 이어 써야 한다'는 신호를 건네기 위해. 그래, 이제 이집트로. 그리고 페루로. 다시, 그리로.

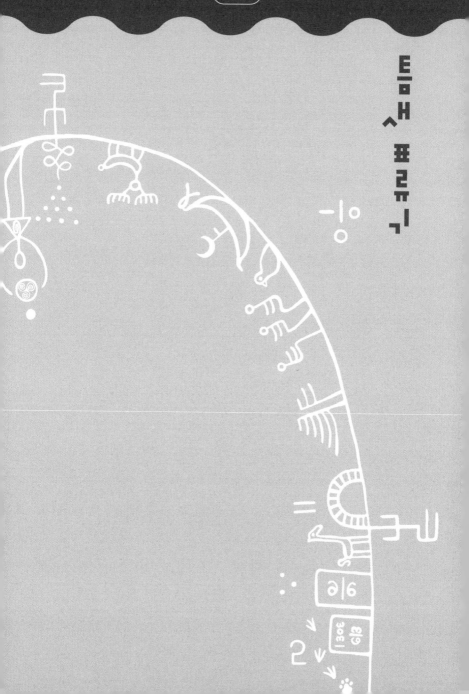

나는 한국에서
사라지고 싶었다

나는 너무 살고 싶었다, 그래서 사라지고 싶었다

사라지고 싶지만 멀리 갈 수 없을 땐 잠을 잤다. 잠은 여권도 돈도 필요 없는 가장 간편한 여행이다. 유치장에서 잤을 땐 정수리에서 나무가 자라는 꿈을 꿨다. 비현실적이고 찬란한 나무. 꿈에 오래 머무르고 싶었지만, 경찰의 목소리에 깨어나야 했다.

우울증이 깊어지던 시절엔 꿈속에서 10년쯤 살아본 적도 있다. 현실에서는 그저 몇 시간이 지나 있었다. 세상의 시간은 나와 늘 엇박자였지만, 꿈에서는 시간이 내 마음을 따라 흘렀다. 시간을 늘리거나 줄이고, 애니메이션 세계를 걷고, 하늘을 날았다. 도끼를 든 아빠가 문을 부수거나, 모자 쓴 남자가 따라올 때도 있었지만, '아 이거 꿈이네' 하고 알아차리면 다시 날 수 있었다.

하지만 깨어나보면 하늘은 너무 멀었다. 나에게 하늘은 다른 이의 마음을 뜻한다. 나는 말하지 못한 이야기를 하늘에 닿게 하고 싶었다. 성노동의 기록, 임신중지의 기억이 포함된 내 몸에 새겨진 이야기들을 쓰고 공유했다. 당시 한국에서 성노동과 임신중지는 죄였다. 나는 수사의 대상이 될 수 있었다. 그래서 다시 인도로 떠났다.

라다크에 도착한 뒤에는 종일 겨울잠을 잤다. 어느 날은 꿈에서 누군가가 자고 있는 나를 두고 말했다.

아, 이렇게 하면 애 너무 우울하겠는데?
그러게. 버틸 수 있으려나.

시나리오 작가가 캐릭터의 운명을 고민하듯 평범한 어조였다. 그들은 미래의 나였을까. 매일 죽고(자고), 매일 태어나며(깨어나며) 기억을 흘려보냈다. 기억을 붙잡으려 그림을 그렸고, 때로는 타투로 새겼다. 그림은 말보다 먼저 기억을 되살렸다. 나는 다시 꿈으로, 꿈의 언어로 돌아왔다.

인도로 사라지기 전 꿈을 꿨다. 어두운 숲속, 말라죽은 듯 까만 나무. 그 나무가 속삭였다. "나 사실 살아 있어." 죽은 줄 알았던 나무는 살아 있었다. 꿈에서 만난 그 나무를 인도의 숲에서 다시 만났다. 죽은 줄 알았던 나무는 정말로 살아 있었다. 나도 살아 있었다. 세상이 흑백에서 총천연색으로 물드는 것 같았다. 나무와 숲, 협곡과 초원을 만날 땐 꿈을 꾸지 않아도 괜찮았다. 꿈에 그리던 풍경이 현실에도 펼쳐졌기 때문이다. 현실도 꿈처럼 경이롭고 선명했다. 그럴 땐 그림도 글도 잠시 멈추어도 괜찮았다. 살아 있는 것만으로도 충분했다.

기도가 하늘에 닿을 때

스리나가르에서는 무슬림의 기도 소리가 정해진 시간마다 울려 퍼졌다. 어느 날 밤, 꿈에서 나를 강간하고 협박하던 이들이 동시에 찾아왔다. 그리고 내 귀에 대고 속삭였다.

샤이탄.

나는 소스라치게 놀라며 깨어났다. 옷과 베개는 식은땀으로 젖어 있었다. 창밖에서는 아잔 소리가 흘렀다. 책상에 앉아 글을 썼다. 꿈의 장면들, 몸을 통과한 폭력, 수치의 흔적을. 그러자 서늘한 각성이 왔다. 부조리한 세상은 늘 희생자를 필요로 한다. 세상이 만든 잔인한 구조는 모든 문제를 개인의 탓으로 돌린다. 나 역시 그들과 한패가 되어 나를 죽이려 했다.

그 겨울, 한국에서는 검은 옷을 입은 이들이 거리로 나왔다. 낙태죄 폐지를 외치는 시위였다. 그 소식을 듣고 강가에서 하염없이 울었다. 집회에 함께하고 싶은 마음에 서둘러 한국으로 가는 비행기를 탔다. 집회에 나온 이들과 비명과 함성을 나눴다. 흩어졌던 고통이 모여 환호성이 되던 순간, 꿈과 현실이 겹쳤다. 그 장면을 기억하려고 기록했다. 그간의 기록을 겨우내 책《붉은 선》에 담았다.

그 뒤로도 꿈에 기대 살았다. 꿈을 꾸지 않을 때는 꿈의 언어에 기댔다. 하늘의 흐름과 땅의 결, 타자의 마음과 별자리를 읽었다. 수비학, 상징학, 점성학, 주역, 사주, 풍수, 타로, 퀴어 페미니즘, 장애학과 비거니즘, 시의 언어는 나를 부드럽게 안아주었다. 꿈과 현실, 비정상과 정상의 경계를 허무는 품 안에서 깨어 있는 시간을 견뎠다.

여전히 꿈에서 만난 존재를 그리고 쓴다. 그리고 어느새 그 일이 직업이 되었다. 무당이 된 나는 북한산 끄트머리의 한 마을에 머물고 있다. 사라지는 대신 이곳에 살고 싶은 세상을 만들기로 했다. 정수리에서 자라던 알로카시아 오도라는 지금 나의 신당에서 무럭무럭 자란다. 그 옆에는 내가 그린 당산나무, 그러니까 "나 사실 살아 있어"라고 내게 말하던 그 나무가 든든히 서 있다. 꿈에서 만난 존재들은 지금 내 곁에 있다.

오래된 나무에서 떨어진 가지를 초 옆에 두고 그 앞에서

향을 피운다. 연기는 하늘로 오른다. 하늘 같은 마음을 정화하러 온 손님과 함께 그 연기를 바라본다. 보이지 않는 것들의 질서를 본다. 마음은 하늘에 닿는다. 하늘과 땅, 타자의 마음과 나의 마음, 현실과 꿈이 겹치는 곳에서 선명한 꿈을 살아간다. 이제 나는 사라지지 않는다.

도망가자,
멀리멀리

도망치기 선수

나는 도망치기의 달인이다. 직장도 학교도 끝까지 버틴 적이 없다. 중학교는 졸업했지만 고등학교에 가지 않았고, 대학에 다닐 때도 학교에 거의 나가지 않았다. 대학원 논문도 쓰다 말았다. 학생운동을 할 때도 몇 달 만에 민중가요 노래패 조직 사업을 그만두고, 비정규직 노동조합 조직 활동도 몇 달 들락거리다 그만두었다. 신내림을 받은 후에는 일주일 만에 인도로 떠났다. 신내림을 받고 일정한 교육 기간을 거치는 별도의 도제식 과정을 따르지 않은 거다.

어릴 때부터 내 몸은 본능적으로 도망쳤다. 아난다는 내가 다른 길로 새지 않고 유치원으로 가는지 창문으로 지켜보곤 했다. 나는 매일 유치원에 가는 척하며 놀이터 모래밭에 숨었고, 초등학교에 다니는 내내 창밖만 바라보며 '주의산만' 도장을 받았다. 갓난아이 때도 시도때도 없이 크게 울었다고 한다. 아마 무엇이든 하기 싫어서 그랬을 것이다. '됐고, 다 그만두고 싶어. 아무것도 하기 싫다고. 제발 나를 가만히 둬. 엉엉.'

우리를 이상하게 봐? 그럼 도망가면 되지

중학교 때였다. 아빠의 폭력에 시달리던 친구 바람이가 나에게 말했다.

우리 집 나갈래?
그래, 그러자.

학교든 집이든 도망치고 싶었다. 바람이와 나는 등교할 때 가져온 가방을 그대로 메고 춘천에서 청량리역으로 가는 기차를 탔다. 기차가 멀리 떠날수록 불안하면서도 홀가분했다. 우리를 가두던 세계에서 빠져나온 것만으로 인생이 가벼워지는 기분이었다. 서울은 바람이와 내가 상상할 수 있는 가장 먼 곳이었다.

지하철은 낯선 사람들로 가득했다. 교복을 입고 밤에 돌아다니는 우리를 못마땅하게 보는 시선들도 있었지만, 어차피 다음 역에서 내리면 다시는 만나지 않을 사람들이었다. 우리를 이상하게 봐? 그럼 다음 역에서 도망가면 되지.

우리는 찜질방에서 짐을 풀었다. 아르바이트는 어떻게 구해서 먹고살지에 대해 계획을 세우고, 목욕탕에 들어가 인생의 피로를 씻겨낸 뒤 노곤하게 잠들었다. 그렇게 잠든 새벽, 우리는 각자의 아버지에게 붙잡혀 집으로 돌아왔다. 짧은 도망이었다. 여정은 오래가지 못했지만, 어디든 벗어날 수 있다는 감각은 시원한 밤공기와 함께 선명히 남았다.

미안합니다, 비자를 발급해줄 수 없습니다

열일곱 살 때였다. 미국에 사는 이모가 비행기표를 끊어줄 테니 기린과 함께 오라고 했다. 드디어 멀리 떠날 기회가 생겼다. 비자를 준비하며 기대에 부풀었다. 추운 겨울, 대사관 건물 바깥에는 사람들이 긴 대기줄 안에서 발을 동동 구르고 있었다. 우리 차례가 왔을 때 직원은 말했다.

I'm sorry, but we cannot grant you a visa. (미안합니다, 비자를 발급해줄 수 없습니다.)

황망한 표정으로 그곳을 나왔다. 하늘에서 펄럭이는 성조기가 밉상으로 보였다. 우리는 한국을 떠나지 못했다. 그때 알았다. 여권과 비자에도 위계가 있다는 걸.

그때 무사히 미국에 갔다고 해도 오래 버틸 수 있었을지 모르겠다. 만약 지금까지 그곳에 있었다면 트럼프 정부의 이민자 차별 정책 앞에서 밀려나지 않았을까. 물론 쉽게 밀려나 주지 않고 연대 투쟁을 벌였을 테지만. 하지만 인종차별에 반대하는 이들 사이에서도 동양인은 백인의 지배 이데올로기에 포섭된 존재로 읽힌다.

한국계 미국인 작가 캐시 박 홍은 《마이너 필링스》에서 이렇게 썼다.

> 아시아인은 미안스러운 공간을 차지한다. 우리는 진정한 소수자로 간주될 만한 존재감조차 충분히 가지고 있지 않는다. 다양성 요건을 채울 만큼 인종성이 두드러지지 않는다. 너무나 탈인종적이어서 실리콘 같은 존재다.*

갈 수 있다 해도 문제였겠지만, 미국은 애초에 내가 갈 수 없는 곳이었다.

---

*   캐시 박 홍, 《마이너 필링스》, 노시내 옮김, 마티, 2021, 23쪽.

도망자의 수호성인

인도로 갈 때는 인터넷으로 간편하게 비자를 받았다. 그 때 나에게는 인도가 안식처로 느껴졌다. '탈락한 사람들'도 포용해주는 곳 같았달까. 물론 인도도 일정한 비자권력과 여권이 있어야 들어갈 수 있다. 나는 파키스탄인이 아닌 한국인이라서 손쉽게 인도에 입국했다.

도망친 인도에서도 꽤 빈번히 차별과 폭력을 마주했다. 가부장제와 인간중심주의는 지구 어디에서든 활개친다. 어떤 이는 이런 세상사를 일찍이 받아들인다. 인생은 고통이니 고통을 줄이기 위해 안정된 삶을 설계한다. 나는 그 인내심에 경의를 표하지만, 그 방식이 나에겐 맞지 않았다. 과업에 속박되는 것보다 완전히 방치되는 게 나았다. 원하지 않는 것을 견디고 성취하는 것보다 그냥 망하는 게 낫다.

그래서 계속 떠났다. 인도에서도 한 숙소에 오래 머무르지 않았다. 길면 석 달, 짧으면 이틀마다 짐을 싸고 풀었다. 이곳저곳을 이동할 때는 나무 지팡이와 함께 걸었다. 나는 그 지팡이를 '성 크리스토퍼'라고 불렀다. 나처럼 도망 다니는 이들을 보호해주는 수호성인이기 때문이다. 기존 질서에서 밀려난 이들을 보호해주는, 그래서 도망 다니는 나를 지지해주는 존재. 그런 존재가 절실했다.

아직 떠날 곳이 남아 있다면

넓은 세상에서는 계속 도망갈 수 있다. 그러니 한국 안에서 생을 견디는 것보다 한국 밖에서 마음껏 떠돌며 생을 견디는 게 낫다. 이왕이면 함께 떠나기를 바랐다. 나는 20대 내내 기린에게 말했다.

우리 한국 떠나서 살자.
책 속으로 떠나면 되지. 집 나가면 고생!

맞는 말이긴 하다. 결국 나는 혼자 도망갔다가 돌아왔다. 하지만 여전히, 이 땅에서 벗어나고 싶은 충동이 올라올 때가 있다. 차별금지법은커녕 여성을 대놓고 혐오하는 사람이 대통령이 되고, 그가 내란을 일으킬 수도 있는 나라니까.
나는 기린에게 다시 물었다.

우리…… 이제 진짜 떠나야 하지 않을까?
여권 만들기 귀찮아. 그리고 트럼프가 장악한 지구잖아.
밖에서 우리는 더 차별받을 거라구.

기린은 떠날 수 있으면 떠나겠지만, 공황장애가 있어 비행기를 타는 것조차 어렵다고 했다. 그래도 나는 포기하지 않았다. 비행기를 탈 때 수면제를 먹는 방법도 있다고, 우선 가까운 곳으로 가보자고 했다. 기린은 대답을 유보하고는 다시 책 속으로 여행을 갔다.

생각해보니 기린은 만성질환과 함께 살고 있다. 낯선 곳에 가면 기린에게 맞는 약과 병원을 찾을 수 있을지 알 수 없다. 그런 기린에게 나는 너무 쉽게 '떠나자'고 말했다. 떠날 수 있는 것도 특권이라는 걸 잊은 채.

그래도 여전히 기린과 도망치는 날을 상상한다. 지구를 버리고 화성으로 도망가면 된다고 생각하는 트럼프와 그 지지자들을 보면 지구에서, 아니 우주에서 도망치고 싶다. 하지만 우주에서 어떻게 도망칠 수 있단 말인가. 죽거나, 자거나? 아무튼, 지구에 아직 갈 곳이 남아 있다면 어디가 좋을까?

그래도, 만약에 떠난다면 어디로 가고 싶어?
가까운 일본? 아, 내 글이 먼저 여행한 대만부터 가고 싶어.
좋아! 대만 가서 책 읽고 글 쓰자.

얼마 전 기린은 여권을 만들었다. 대만에 이어 영국, 미국에서 기린의 책이 출간된다. 비자가 거부되어 들어가지 못한 미국에 기린의 글이 먼저 갔다. 차별이 어떻게 누군가를 밀려나게 하는지 증언하는 기린의 글은 혐오가 득실거리는 곳에서 시위할 거다.

기린은 얼마 전 동네에 옥탑방 작업실을 마련했고, 나와 함께 대만에도 다녀왔다. 여행을 마치고 한국에 돌아온 우리는 옥상에서 책을 편다. 읽고 쓰면서 여행을 이어간다. 멀리멀리.

저항하는
틈새들

풍족한 무국적자

장기 여행자들이 모여 사는 인도의 작은 마을. 지내던 숙소 옆에는 벽이 없는 카페가 있었다. 그곳에서 종종 파티가 열렸다. 낮에는 빗물에 촉촉히 빛나던 초록의 잎과 바위들이 밤에는 전자음악에 맞춰 푸른빛과 은빛으로 반짝였다. 히피들은 눈에 힘을 풀고 몸을 흔들었다. 바위에 살던 곤충과 나무 위에 살던 새들은 시끄러워서 자리를 옮겼을 테지만.

나는 춤을 추다가 바위에 앉아 별을 올려다봤다. 그때 바질이 다가왔다.

Hi, how long have you been here? (안녕, 여기 얼마나 있었어?)

낫 롱. 유? (별로 안 됐어. 너는?)

It's been almost a year. I'm staying here for good. (나는 1년쯤 돼가. 계속 여기 있을 거야.)

아이 원 투. (나도 그러고 싶어.)

I want to live as a stateless person forever. (나는 무국적자로 영원히 살고 싶어.)

바질은 영국 출신의 백인 시스젠더 이성애자 비장애인 남성이다. 여행을 지속할 경제력과 비자권력을 가진 그가 스스로를 무국적자로 칭하는 게 묘했다. 바질은 히피와 야피 사이 어딘가에 있는 듯했다. 깔끔한 무채색 옷은 히피라기엔 지나치게 단정했고, 여피라기엔 체제에 길들여지지 않은 기운이 흘렀다.

I hate governments. All of them are evil! (나는 정부가 싫어. 그들은 악마야!)

댓츠 롸잇. (그거 참 맞는 말이야.)

역시 여피는 아니었다.

삐죽삐죽한 풀잎

What do you think about 김정운? (김정은에 대해 어떻게
생각해?)

해외에 간 한국인이면 흔히 듣는 질문. 나는 한국에서도
자주 들었다. 통합진보당이 해산될 때도, 군인이던 아빠에게
서도, 인터넷 악플에서도. '김정은은 어떻게 생각해?', '김정은
이가 그렇게 좋냐'. 비아냥이 섞인 질문은 나를 검열했다. 하지
만 바질의 질문은 조금 달랐다. 경청할 태도를 갖춘 듯했다.

코뮤니스트 유토피아 위즈 온리 포 맨. 잇 디드 낫 인클루드
논 메일 피플 오어 논 휴먼 애니멀. 밀리터리 컬처
스테이드 더 세임, 댓츠 프러블럼. 김정은 얼쏘 세임. 인
주체 이데올로지, 온리 시스젠더 맨 아 씬 애즈 임폴턴트.
(공산주의라는 유토피아는 비남성과 비인간을 제외한 존재들의
세계였어. 군대문화도 여전했고. 그게 문제였어. 김정은도 그래.
주체사상에서 시스젠더 남성 인간 동물만 주체잖아.)

공산주의 혁명은 성차별과 성별이분법, 종차별과 인종차
별, 배타적인 국가주의와 독점적 사랑 방식(모노가미), 중앙권

력에 의해 하달되는 성과주의와 성장주의를 품은 가부장 망령을 데리고 왔다. 그게 문제였다. 이런 이야기를 진지하게 할 수 있는 친구는 많지 않았다. 베네수엘라에서 온 친구, 페루 집회에서 만난 이들에게도 공산주의는 '나쁘고 위험한 것'의 표현이었다. 반공의 물결은 한국뿐 아니라 세계 곳곳에 남았다. 인간과 세상은 고쳐 쓸 수 없다는 절망, 전쟁 트라우마로 남은 원한은 '반공' 무의식으로 퇴적되었다. 바질이 말했다.

> *Korea feels like a sample country for the U.S.* (한국은 미국의 샘플 같아.)
>
> 아이 노우. 댓츠 프러블럼. (알아. 그게 문제야.)
>
> *Do Koreans know that?* (한국 사람들도 그걸 알고 있어?)
>
> 예스, 데이 노우. 앤 썸 피플 어갠스트 잇. 벗 데이 겟 콜드 김정은 팔로워스. (응, 알고 있어. 그리고 그것에 저항하는 사람들도 있어. 김정은 팔로우라고 조롱받지만.)

한국 드라마와 케이팝(이제는 소설가 한강을 포함해) 덕분에 한국을 진보적인 곳으로 보는 이들도 있지만, 바질의 말처럼 여전히 한국은 미국 자본주의의 샘플이다. 미국은 한국을 키워주는 척하다가, 결국 IMF와 FTA를 빌미로 모든 것을 가져갔다. 이뿐만 아니라 비무장지대를 비롯한 한국 전역에 고엽

제를 살포하거나 매립하고 도망쳤다. 한국군은 미국의 용병이기도 했다. 급여를 받으며 베트남에서 민간인을 강간하고 학살했다. 이라크와 아프가니스탄, 소말리아에서도 학살에 동참했다. 평화와 민주주의를 지킨다는 명목으로.

버지니아 울프가 '여성인 나에게는 조국이 없다'고 했듯, 나 역시 나에게 조국이라 할 만한 국가는 없다고 느낀다. 하지만 한국을 미국의 샘플이라고 단정짓는 바질은 과연 알까? 광주와 제주에서 민주화운동을 하던 이들이 온몸으로 불의에 맞서다 학살당했던 것을. 저항하는 이들의 뿌리를 뽑기 위해 구금과 낙인이 계속되었고, 저항의 씨를 말리기 위해 그들의 가족까지 학살된 날들을. 그들이 죽어서도 바람과 땅으로 함께하고 있고, 저항하는 이들도 여전히 존재한다는 것을.

한국에 대한 자부심이 있다면 이런 것이었다. 하지만 이건 애국심 같은 게 아니다. 어디서나 자라는 풀잎을 믿는 마음이다. 국경이나 이념으로 가둘 수 없는 풀잎들이 삐죽삐죽 존재할 뿐이다. 콘크리트 틈새에 끼여서라도. 그들은 변한다. 저항한다.

나는 바람을 따라 흔들리는 풀잎처럼 자리에서 일어났다.

Are you traveling alone? (혼자 여행 다녀?)

예, 앤쥬? (응, 너는?)

Yeah, for now. I had a partner, but she left recently. And my wife's back in my home country. (응, 지금은. 파트너가 있었는데 얼마 전 떠났어. 고향 나라에는 아내가 있어.)

바질은 명랑한 말투로 자신이 폴리아모리라고 말했다. 나역시 상대를 독점하지 않는 관계 방식을 지향하며 살아가지만, 시스젠더 이성애자 남성이 망설임 없이 폴리아모리를 말하면 그 자리를 피하고 싶어진다. 백인 남성이면 더더욱. 아내의 눈치를 보며 누리던 성적 권력을 이제는 당당하게 누릴 거라고 말하는 것처럼 보여서다. 폴리아모리는 전통적인 성 역할과 관계 방식에서 억압받던 이들이 만든 안식처다. 가부장이 독점해온 첩과 바람이 '비독점적인 관계'와 어떻게 다른지, 이 맥락을 아는 것이 왜 중요한지, 그는 알까.

의문이 들었다. 그의 저항에 비남성과 페미니스트, 난민을 위한 자리도 있을까. 무국적자로 살 수 있는 자신의 특권과연결된 누군가의 고통을 알고 있을까. 전쟁으로 국적을 잃은이들, 영국에서 강제로 추방당하는 이민자와 난민들의 이야기를 읽어본 적은 있을까. 그 자리에 더 머물 수 없어서 흔들리는풀잎처럼 일어나 춤을 추러 갔다.

평화운동 하는 성차별주의자

인도 다람살라에는 티베트 망명정부가 있다. 그곳에서 티베트 독립운동을 하는 차카를 만났다. 차카와 나는 한국과 티베트의 평화를 위해 어떤 문제를 해결해야 하는지 종종 이야기를 나눴다. 나는 한국 정부도 민주주의를 표방하고 있지만 실상은 그렇지 않음을, 비남성 비국민들은 여전히 차별받고 있고, 계급도 불평등하다고 말했다. 내가 차별을 겪은 이야기를 털어놓자마자 차카는 "그래도 칼리는 한국인이고 여권이 있잖아. 나도 너처럼 여행 다니고 싶어"라며 나의 처지를 부러워했다.

그러면서 중국과 북한이 공산당 국가라 싫다며, 그 반대편에 있는 한국이 좋다고 했다. 차카는 한국 드라마와 케이팝에 나오는 한국 여성들을 좋아했다. 그뿐만 아니라 한국인 여성 자원봉사자와 잤다는 말을 자랑처럼 떠벌렸고, 사람들 사이에서는 그가 술에 취해 성추행을 한 적이 있다는 소문도 돌았다. 차카에게 여성은 동지가 아니라 그 운동을 보조하는 존재였다. 그의 세계에서 나는 애초에 동등한 동지가 아니었기에, 우리의 우정은 유지되지 못했다. 차카는 평화운동이라는 이름 아래 자신의 남성성을 회복하려던 게 아닐까? 물론 티베트의 모든 시스젠더 남성 평화운동가들이 그런 것은 아닐 테지만. 그저 가부장제가 지구 곳곳에 깊숙이 뿌리내렸을 뿐. 한편으로는 남성우월주의를 문제라고 판단하는 것조차 조심스러웠다. 그런 비판이 그들의 전통문화를 무시하는 제국주의적인 태도로 읽힐 수도 있기 때문이었다.

부당한 구조에 저항하면서도 자신의 특권을 성찰하지 않는 태도는 익숙했다. 윤석열 탄핵 집회가 열린 최근에는 광장의 분위기가 많이 달라졌지만, 여전히 왜 페미니즘 이슈를 끌고 오느냐, 난민까지 어떻게 챙기냐, 비인간 동물까지 이야기할 필요가 있느냐는 목소리가 들려왔다. 그 목소리에는 오직 '인간 남성 국민'의 특권을 위협한 정권에 대한 분노만이 실려 있다. 자신의 특권을 지키는 것만이 중요한, 그래서 손해가 보상되면 곧바로 중단되는 투쟁. 그런 투쟁만 '쟁취'하니 세상이 아직 이 모양이다.

틈새에서 피어나기

권력에 저항하는 권력자들은 자신이 차별을 하고 있는지 몰랐다. 권력은 언제나 몰라도 되기에 모르는 채로 차별을 한다. 아찔했다. 혹시 나도 저렇게 하고 있는 건 아닐까……

그럴 때마다 소수자들의 증언이 담긴 책을 읽었다. 인권운동사랑방의 《수신확인, 차별이 내게로 왔다》, 해릴린 루소의《나를 대단하다고 하지 마라》, 리베카 솔닛의《남자들은 자꾸 나를 가르치려 든다》와《멀고도 가까운》, 김혜순의《여성이 글을 쓴다는 것은》, 홍승은의《당신이 글을 쓰면 좋겠습니다》와《두 명의 애인과 삽니다》, 캐시 박 홍의《마이너 필링스》…… 특히 처음 인도로 떠나올 때 함께한 장애여성 해릴린 루소의 글은 구체적인 용기와 위로가 되었다.

> 혼자 있을 때 나의 몸을 온전한 것으로 보는 자체적인
> 견해를 붙들고 있기가 한결 쉽다. 그래서 내가 혼자 있는
> 걸 그렇게 좋아하는 것이다. 비록 내 방에 혼자 있을 때도
> 부정적인 견해를 비추는 거울들이 여기저기 버티고 있지만
> 말이다. 내가 가장 행복한 순간에는 그 거울들이 감춰져
> 있거나 사라지는 게 아니라 다른 형태를 취한다. 이를테면
> 내가 그린 그림이라든가 내가 쓴 글이 거울 역할을 맡아,
> 내 본모습과 내가 되고 싶은 모든 모습들 ― 예술 작품,
> 계속해서 발전해가는 창의적인 삶, 두려움이나 지나친 판단
> 없이 자신을 온전히 포용할 줄 아는 여성 ― 을 비춰준다.*

---

* 해릴린 루소,《나를 대단하다고 하지 마라》, 허형은 옮김, 책세상, 2015, 203쪽.

해릴린처럼 이따금 나도 스스로를 타자로 느꼈다. 동양인의 얼굴로 백인 여행자들 사이를 지날 때, 영어로 더듬으며 말할 때, 여성의 몸을 향하는 시선을 스칠 때. 하루에 몇 번 그런 순간을 제외한 나머지 시간에서는 아무렇게나 피어났다. 물론 세 시간 동안 각인된 차별의 자국은 끈질기게 들러붙었다. 그것이 빨리 펴지게 하려면, 삐뚤빼뚤하고 격렬하게 피어나야 한다. 그러느라 내 잎맥은 산만하고 투박하다. 멈추다 흐르는 춤을 추고, 지금 쓰는 글처럼 쓰다 지우기를 반복한다. 느리고 꾸준한 몸부림이다.

고정된 정체성에서 벗어나려는 하루의 틈새. 그 진동이 나의 저항이고 춤이었다. 권력에 저항하는 권력자들에게 풀잎은 느려서 마치 움직이지 않는 것처럼 보일 것이다. 그러니 답답하겠지. 하지만 풀잎은 꾸준히 움직인다. 고립의 감옥이 되기 쉬운 24시간 중에서 자유롭게 흐르는 틈새가 늘어난다. 풀잎을 본다. 계속 변신하는 오늘을 믿어준다.

그래도
표류할래

이방인의 피로

나처럼 내향적인 성격으로 세계 곳곳을 다니며 20대 내내 인권 활동을 하던 친구 방랑이와 오랜만에 만났다. 방랑이는 나에게 물었다.

칼리는 어디서 살고 싶어? 모든 제한이 없다면.
음…… 한적하지만 와이파이는 잘되는 곳 어디든. 너는?
나는 몰타섬? 아님…… 백인이면 스페인에 살았을 거야.
그럼 지금은 백인이 아니어서 못 사는 거야?
응, 평생 이방인으로 살아낼 자신은 없어.

나는 고개를 끄덕였다. 한국 출신의 시스젠더 남성 방랑이는 동양인에 대한 차별을 감당하기 어렵다고 했다. 영미권 백인중심 사회에서 늘 이방인이었고, 그 소외감을 평생 견뎌 낼 자신이 없다고. 그래도 한국이 편안하다며, 앞으로 여기서 쭉 살고 싶다고. 나도 외국에서 동양인으로 읽히는 게 불편하다. 게다가 나는 여성으로 패싱된다. 한국에서든 바깥에서든 비슷한 성차별을 겪다 보니, 어디든 도망칠 수 있는 해외가 나았다. 만약 내가 표준의 몸으로 간주되는 시스젠더 남성이었다면, 방랑이처럼 한국에서 사는 게 편안하다고 느꼈을까.

비남성 수행자의 자리

인도 마날리에서 지낼 때 요가 수행자 카마를 만났다. 그는 숙소 주인이었는데, 코감기에 걸린 내게 요가 호흡법을 알려주었다. 한쪽 콧구멍을 엄지로 막고 숨을 들이마시고 내쉰 후 반대편 콧구멍을 새끼손가락으로 막고 숨을 들이마시고 내쉬는 것을 반복했다. 다음 날 감기가 싹 나았다. 내가 고맙다고 하자 카마가 느끼한 표정을 지으며 말했다.

쏘, 두 유 원 투 런 몰 요가 포 인양 하모니? *(그럼, 음양합일의 요가를 더 배워보지 않을래?)*
하우 두 댓? *(어떻게 하는 거야?)*

퍼스트, 테일 오프 유어 클로스 (우선…… 옷을 다 벗고)

오우 노, 댓츠 오케이. 바이. *(오우 괜찮아. 안녕.)*

나는 다른 숙소를 찾아 떠났다. 나도 카마가 마음에 들었으면 탄트라 섹스든 뭐든 하면서 숙소에서 지낼 수 있었을 테지만 그는 내 취향이 아니었다. 카마뿐 아니라 많은 요기들이 탄트라 요가를 빌미로 성기 결합 섹스를 하려고 한다. 탄트라는 그런 게 아닌데.

네팔 파슈파티 강가에서는 힌두교 구루 바바를 만났다. 바바가 내게 말했다.

렛츠 고 투 더 마이 아쉬람. 위 캔 두 히치하이킹. 잇츠 어드벤쳐! *(내 아쉬람에 가보자. 히치하이킹으로 갈 수 있어. 모험이다!)*

댓츠 굿! 렛츠 고! *(좋아! 가자!)*

바바는 아주 진지한 수행자처럼 보였다. 하지만 나는 한국에서도 '진지한 수행자'에게 강간을 당해봤다. 그래서 수행에 대한 '맑은' 진정성이 오히려 자신의 성적 권력을 인식하지 못한 채로 저지르는 '순수한 무지의 폭력'이 되기 쉽다는 걸 알고 있다. 그렇다 해도 모험을 멈추고 싶지 않았다.

바바의 아쉬람은 정글 한가운데에 있었다. 모닥불을 피우고 불멍을 할 때 바바가 내 옆으로 다가왔다.

두 유 원 마사지? *(마사지해줄까?)*
노노 땡큐. *(아니아니 괜찮아.)*

끈적하고 냄새나는 내 몸에 끈적하고 냄새나는 손으로 마사지를 한다고 피곤이 가시지는 않을 텐데. 게다가 경험상 시스젠더 남성이 마사지를 해주겠다는 건 섹스어필이거나 성추행의 시작이다. 바바는 나를 바라보며 물었다.

유 돈 라이크…… 섹스? *(너는…… 섹스를 싫어해?)*

눈을 질끈 감았다. 어휴. 그렇다고 굳이 '섹스가 싫은 게 아니고~' 이렇게 대꾸할 필요는 없다.

저스트 아이 원 투 슬립. *(나는 그냥 자고 싶어.)*

바바는 알겠다면서 옆에 있는 해먹으로 가 쭈그려 누웠다. 왜소한 바바의 뒷모습을 보는데 순간 마하트마 간디가 떠올랐다. 비폭력을 실천했던 그 간디님도 어린 여성 수행자들

을 추행했을까. 문득 나를 강간했던 한국 스님도 떠올랐다. 그
는 인도가 수행처로 얼마나 좋은지 찬양하곤 했다. 홀로 무작
정 떠나는 여행을 찬양하던 남성 작가들의 글도 떠올랐다.

성차별 없는 세상을 경험한 그들은 자유로웠다. 나는 그
자유를 허락받지 못했다. 벽이 없는 숲에서 남성 수행자들은
얼마든 옷을 벗을 수 있고, 마음껏 술에 취해도 강간당할까봐
걱정하지 않아도 된다. 심심하면 바바처럼 여성 동행자를 데
려와 '우주'와의 합일을 느끼고는 시와 경전을 썼겠지.

금욕 안에 숨겨진 여성혐오

안전하고 싶다. 그렇다고 안전을 위한답시고 집 밖으로
나오는 걸 두려워하고 싶지는 않다.

> 머리가 길었을 때는 성추행도 많이 당했어요. 하지만
> 삭발을 하고 오니까, 사람들이 저에게 음식과 돈을 주기도
> 하고, 합장을 해주더라고요. 남성들과도 진실된 우정을
> 나눌 수 있었어요.

삭발을 하고 인도에 온 한국인 수리가 나에게 말했다. 수
리의 말을 듣고 삭발을 할까 고민했다. 자유로운 수행을 위해

여자 옷을 벗을까. 하지만 이건 어딘가 부당했다.

지구 곳곳의 수행처는 하나같이 금욕주의를 규율로 삼았다. 힌두교 사원, 이슬람 사원, 시크교 사원, 불교 사원 등 예외가 없었다. 특히 여성이 노출이 있는 옷을 입거나 몸단장하는 것을 엄격히 금지했다. 금욕은 머리에 꽃을 꽂고 웃는 미친 여성이 아니라, 근엄한 남성 수도승의 얼굴을 하고 있다. 그는 비천한 모든 존재를 위해 기도한다. '더러운' 여성을 등지고서.

나는 인도에서 명상의 즐거움을 음미한 후, 한국에 돌아와 명상 수행처를 찾았다. 맑은 산 공기와 직접 요리해 먹는 나물비빔밥이 좋아서 오래 머물고 싶었지만 입소한 지 단 몇 시간 만에 그곳을 나왔다. 주지스님이 입소한 사람들을 앉혀놓고 이런 생활 규칙을 설명했기 때문이다.

특히 여성분들, 미안하지만 화장도 하지 마세요. 여기서는
누구에게 잘 보이고 그런 거 다 내려놓는 수행을 하는
거예요. 진정한 나를 찾아서, 그리고 진정한 나 또한 없음을
수행하세요.

그곳에서 나는 여성인 내 몸이 수행자들에게 민폐처럼 여겨질 수 있다는 메시지를 읽어버렸다. 그들이 주문하는 대로 화장하지 않고, 머리도 안 감고, 몸을 꽁꽁 싸매고 다니는 것쯤

이야 얼마든 할 수 있었다. 심지어 삭발도. 하지만 왜 여성은 언제나 수행에 방해가 되는 존재로 지목되는 것일까? '관심을 추구하는' 여성은 옛날부터 수행자들의 수행을 가로막는 방해물로 취급되어왔다. 그들의 금욕 안에는 여성혐오가 감춰져 있다. 여성에게만 강요되는 여성성 벗기 규율은 부당했다.

그 사람이 어떤 모습을 하고 있든 그건 중요하지 않다. 여성으로 보이는 수행자를 여성으로 대상화하지 않는 게 수행이다. 그런데 그 업을 닦는 수련은 하지 않는다. 비인간 동물, 나무와 풀, 먹다 남은 음식도 존중하는 이들이 '여성의 옷을 입은 인간 동물' 수행자는 거부한다. 그 존재가 수행하고 있다는 진실을 보지 않고, 금욕 안에 숨겨진 여성혐오 역시 성찰하지 않는다. 그런 걸 성찰하는 수행처는 지구에 존재하지 않았다.

삭발을 하거나 승복을 입어 여성성을 탈피한 뒤에야 얻을 수 있는 권위에 기대고 싶지 않다. 어떤 모습이든 존재 자체만으로 존중받으며 수행하고 싶다. 사실 주지스님이 이야기한 '진정한 나 또한 없음'은 밀려난 몸으로 살아온 나에게 익숙한 감각이었다. 나에게는 이미 온 세상이 차별을 소화하며 수행해야 하는 수행처였다. 방랑하던 부처들은 세상에 많았다. 여성도 부처임을 몸으로 보이고자 '비천한' 여성의 몸으로 부처가 된 그린 타라, 온갖 마녀들과 비남성 작가들. 나는 수행처 바깥에 존재하던 부처들의 걸음을 따라 표류하기로 했다.

삭발 피난처, 그 후

　이후 한국에 돌아와서 삭발을 했다. 여성처럼 보이지 않는 외모라면 평범한 편안함을 안겨줄 거라고 믿었다. 보편적인 인간의 상징인 '남성성'은 그 자체로 하나의 특권이니까. 그렇지만 삭발을 한다고 해서 내가 그 특권을 누릴 수 있는 건 아니었다. 한국에서 삭발을 한 채 살아갔을 때는 더한 차별을 마주했다. 왜소한 체격과 여성적인 목소리 때문이었을까. 아무튼 다듬어지지 않은 삭발머리는 여자로도 남자로도 보이지 않게 만드는 희한한 재주가 있었다. 그래서인지 나는 어딘가 아픈 사람으로 패싱되었고(아마도 정신장애인으로 인식되었던 것일지도 모르겠다), 사람들은 나를 함부로 대하거나 배려를 가장한 연민을 보내오곤 했다. 그런 취급은 나의 상처인 동시에 다른 존재의 상처이기도 했다. 차라리 여성으로 분장하는 게 덜 피곤했다.

　세월이 흘러 머리카락은 자랐다. 지금도 해외에서 누군가 나를 '걸'이나 '레이디'라고 부르면, 나는 내가 '에이젠더'라는 것을 굳이 강조하곤 한다. 나를 여성으로만 보지 말라는 경고다. 하지만 나의 겉모습이 어떻든, 그게 사람들에게 어떻게 보이든 진실된 우정을 나누고 싶은 마음은 여전하다. 끈 나시를 입거나 젖꼭지가 튀어나와 있어도 오롯이 존중받길 원한다.

삭발을 해서 앳된 청소년처럼 보여도 함부로 훈계당하지 않고, 눈 화장을 하고 립스틱을 바르고 열차를 타도 성추행당하지 않으면서 세상을 누비고 싶다.

그러다 또 어떤 폭력을 당하기라도 하면 이런 말이 돌아오겠지. '그러니까 여자 혼자 그 위험한 곳을 왜 가', '그렇게 조심했어야지 밤늦게 왜 혼자 다녀'. 돌아다니지 말아야 하는 건 폭력을 휘두르는 이들인데, 손쉬운 비난과 훈계로 나를 탓하겠지. 그러니까 네가 문제라고.

나는 그 말들과 싸우면서도 스스로를 보호해야 살아남을 수 있다. 그리고 그 말들과 싸우면서도 자유롭게 표류할 것이다. 그러다 그 옛날의 마녀들처럼 불에 타 죽게 된다고 해도 두렵다는 이유로 멈추지 않을 것이다.

아무 말 없는
사랑

조용한 사랑

나는 로맨틱한 감정을 거의 느끼지 않았다. 특히 이성애를 '정상'이라 여겼던 시절에는, 연애 감정이 쉽게 피어나지 않는 내 마음이 어딘가 고장난 건 아닐까 의심했다. 질투심에서 비롯된 감정, 누군가에게 고유한 존재가 되고 싶은 마음은 있었지만, 그게 사랑이나 로맨스인지 늘 헷갈렸다.

돌이켜보면 나에게 로맨틱한 감정이란 그런 게 아니었다. 같은 하늘 아래 존재한다는 것만으로 충만해지는 감정. 소유하지 않아도 흐를 수 있는 애정. 이게 나의 로맨스다. 비남성 친구들과는 설령 쓰는 언어가 다를지라도 로맨스를 나눌 수 있었다. 판단이 아닌 경청, 평가가 아닌 공감으로 다가오는 이들에게서 로맨틱한 감정을 느꼈다. 하지만 그 감정은 곁을 요구하지 않았다. 오히려 내가 먼저 놓아주고, 축복하고, 고요한 응시로 배웅했다. 그들도 나를 붙잡지 않았다. 그래서였을까. 내가 사랑을 느끼는 방향과 실제 관계가 맺어지는 방향이 자꾸 엇갈렸다.

사랑을 흘려보낸 자리에 몸정이 든 시스젠더 남성이 남았다. 나에게 몸정, 즉 성적 끌림은 좀 더 단순하다. 외모(인종이나 성별)에 상관없이 누군가를 안고 싶은 욕망, 잠들 때 토닥임을 받고 싶은 마음, 돈을 받지 않아도 섹스를 하고 싶은 충동. 그것은 '사랑'이라고 부를 수는 없지만, 나를 식히고 감싸주던 온기였다. 어쩌면 몸정은 외롭지 않기 위한 본능적 타협이었는지도 모르겠다. 사랑은 자유였고, 몸정은 눌림이었다. 나는 그 다정한 환영에 눌렸다. 눌리면서도 안겨 있었다. 그 눌림을 완전히 미워할 수도 없었다.

그들을 사랑해보려고 노력한 적도 있다. 하지만 로맨틱한 감정은 아무 데서나 피어나지 않는다. 단순한 매력이나 호감만으로는 부족하다. 나의 무거운 분노와 슬픔을 들어주는 사람. 그러면서도 내 삶을 구제하려 하는 대신 함께 한을 풀고 흥을 나누는 사람. 나는 그런 이에게 애틋한 감정을 느낀다. 그 감정은 동지애에서 비롯된 신뢰였고, 신뢰가 자라날 때 충만한 사랑이 따라왔다.

시스젠더 남성 중 그런 감정을 느낄 수 있었던 이는 극히

2부 틈새 표류기

드물었다. 그들은 내가 정신장애인으로, 동양인으로, 가난한 계급으로 살아오며 겪은 차별에는 쉽게 공감하면서도, 여성으로서 겪는 구조적 폭력에 대해서는 유독 눈을 감았다. 공감은 커녕 나에게 가해자 취급이라도 받을까봐 방어하기 바빴다. 그들은 구조적인 성차별을 몰랐던 게 아니라 그냥 외면했다. 인간 동물이 비인간 동물의 고통을 알면서도 육식의 편안함과 즐거움을 잃고 싶지 않아서 외면하는 것처럼. 이러니 이성 간 로맨스는 여전히 내게 하늘의 칠성신 같다. 많은 이들이 기도를 올리지만 정작 땅에서는 그 모습을 드러내지 않는 신령님.

　　얼마 전 한 방송국으로부터 연애 리얼리티 프로그램 섭외 제안을 받았다. 점술가와 무속인들이 연애하는 콘셉트였다. 처음엔 무속인이 새로운 방식으로 등장하는 모습이 반갑고 신선했다. 하지만 곧 알게 됐다. 이성애만 가능한 구조이며, 결국 한 사람만을 선택함으로써 관계를 '완성'하는 형식을 지향하는 프로그램이라는 것을. 나는 이렇게 답했다. "이성에게만 마음을 전할 수 있는 구조가 아니라면, 그리고 한 사람만을 선택하는 방식이 아니라면 출연할 수 있어요." 당연히 나는 그 프로그램에 나가지 않았다. 사랑을 한 가지 서사로 고정하고, 모든 감정을 독점 관계로 수렴시키는 자리에 나를 끼워 넣을 수 없기 때문이다. 나의 사랑은 무정형이고, 동시에 여러 존재를 지지한다. 이 사랑은 티브이에는 잘 안 나온다.

제발 아무 말 하지 마

외국에서 한국 남성의 목소리가 들리면 무의식적으로 자리를 피한다. '한국 남성'이 싫어서가 아니다. 그들이 말하는 한국어가 내 귀에 너무 잘 들려서다. 페루나 이집트에서는 덜했지만, 동남아 국가에서 그들의 목소리는 유독 크게 들려왔다. '얘네는 이런 거 안 씻더라.' 마치 현지 문화를 다 안다는 듯한 말투. 부끄러운 일인 줄은 모른다. 목소리의 볼륨을 조절할 줄 모르는 것일까. 눈치 보지 않는 그 권력은 한국 밖에서도 이어진다.

언젠가 한국의 이태원 거리에서 처음 보는 흑인에게 다짜고짜 "흑형 와썹! 어디가?"라고 말하는 한국 남성을 본 적이 있다. '흑형'이 인종차별적인 표현이라는 것도, 처음 보는 이에게 반말을 하는 태도가 무례하다는 것도 전혀 모르는 듯했다. 어눌한 한국어를 구사하는 동남아시아 사람들에게 반말을 일삼는 이들 역시 흔히 볼 수 있다. 친근함의 표현이라고 착각하지만, 그런 일방적인 친근함은 결국 하대다.

이런 태도는 낯선 이방인만을 향하지 않는다. 정신장애인처럼 보이는 이들, 노인, 자신보다 나이가 어린 이들에게 다짜고짜 반말을 하는 이들이 있다. 나도 무당이지만, 처음 보는 손님에게 반말하며 하대하는 것을 신력이라 포장하는 무당도 있다. 이런 표현은 거듭될수록 하나의 태도가 된다. 그래서 나는 처음 보는 비인간 동물에게도 반말하지 않는다. 친근함과 존중은 공존할 수 있다. 존댓말을 하면서도 다정할 수 있고, 누구도 하대하지 않는 평어를 사용하면서도 상대를 존중할 수 있다.

현지인 남성들과 나이권력, 성별권력을 주제로 농담 따먹기를 하는 한국 남성들을 여행 유튜브를 포함한 여러 미디어에서 여전히 마주친다. 그런 장면을 보면 그들이 제발 아무 데도 가지 않으면 좋겠다는 생각이 든다. 남성중심 사회에서 학습한 기싸움을 사회성으로 착각하는 그들은 세상의 모든 존재를 국가, 인종, 계급별로 위계화한다. 타자의 경계를 침범하는 것이 금기를 넘어서는 유머라고 착각한다.

말 많은 만국의 시스젠더 남성들은 자꾸 나를 웃기려고 했다. 내 입가에 미소가 지어질 때면, 그들은 자신이 재밌는 사람이라 착각했다. 그리고 내가 무표정으로 있으면 "Why so serious?"(왜 그렇게 진지해?)라고 물었다. 조커의 말은, 폭력에 질문을 던지는 이들을 조롱하며 유머권력을 휘두르는 도구로 변했다. 그들은 나의 침묵을 '아시아 여성의 소극성'이나 비장한 자기연민으로 치부한다. 애초에 침묵을 경청하지 않으니, 웃지 않는 동양인 여성인 내가 얼마나 답답하고 재미없어 보일까.

나는 유머가 곧 저항이라고 믿는다. 그 유머는 통쾌한 사이다가 아니라 정겨운 미숫가루 맛이며, 그렇기에 미국식 스탠드업 코미디처럼 언어의 맥락을 이해해야만 웃을 수 있는 방식은 아니다. 그보다는 누군가를 소외시킬까봐 걱정하며 머뭇거리는 표정이 사랑스러워서 나오게 되는 웃음이다.

로맨스 파괴자들

인도 출신의 시스젠더 이성애자 남성 얄루와 지낼 때 자주 다퉜다. 언어가 통하지 않는 건 갈등이 있을 때도 요긴했다. 우리는 욕할 수 있는 단어마저 부족했다. 화가 나면 얄루는 힌디어로 뭔가를 중얼거렸다. 아마도 욕이었을 것이다. 나도 고요한 눈으로 그를 쳐다보며 한국어로 욕을 읊조렸다.

꿀쉿죺졊대긅슶곕뜏뺐솀꿆탯듷땖

왓 알 유 세잉? *(너 뭐라고 말하는 거야?)*

만트라, 포 마인드 피스. *(마음의 평화를 위한 주문이야.)*

쏘리. *(미안.)*

미투. *(나도.)*

렛츠 고 투 더 잇 캐럿 케이크! *(당근 케이크 먹으러 가자!)*

싸움은 오래가지 못했고, 우리는 당근 케이크를 먹으러 가곤 했다.

얄루의 말을 이해하지 못해 서늘해지는 순간도 있었다. 그가 다른 인도 친구들과 함께 있을 때, 나를 힐끔 보며 힌디어로 무언가를 말할 때 그랬다. 내 외모를 품평하고 있나? 내가 꽃뱀이라고 욕하고 있는 건가? 나를 희롱하나? 무시하나?

와이 유 미트 온리 화이트 피플? (왜 백인들이랑만 어울려?)

인도 출신의 시스젠더 이성애자 남성 도마는 나에게 이런 질문을 했다. 그는 내가 백인을 동경한다고 판단했고, 나는 그가 나에게 외면당할까봐 느끼는 불안을 감지했다. 서운했던 것을 솔직히 털어놓으면 그만인 것을, 빙빙 에둘러 내가 윤리적으로 대단한 문제가 있는 사람이라는 듯 말했다.

한국 출신인 중얼이도 그랬다. 처음에는 내가 글을 쓸 때 조용히 발가락을 빨아주는 그의 헌신이 좋았다. 조용해서 좋았던 중얼이는 시간이 흐를수록 말을 흘렸다. 나는 그의 말이 점점 더 듣기 싫어졌다.

칼리 책 다 읽었어. 근데 그 성차별 부분 있잖아,
사실 그건……

잠깐만, 나 지금 듣기 싫어. 하늘 봐! 달 예쁘다.

내가 말하려던 건─

'그렇게 경청받고 싶으면 토킹바에 가라고'라고 말하면 또 이런 말들이 돌아올까봐 관뒀다. '그래도 여자들은 남자랑 데이트할 때 돈 안 쓰잖아. 나는 뼈 빠지게 일해서 버는 건데', '왜 내 말은 안 들어줘? 참 이기적이네'. 중얼이는 그저 여성과의 관계에서 누려온 '경청받기'와 '인정받기'의 기득권을 놓고 싶지 않았던 것이다. 그럴 거면 내 감정노동에 값을 치르던가. 줄 생각도 없으면서. 이러니 남성은 고객으로만 만나는 게 낫다.

'왜 너만 피해자냐'며 억울해하는 '식민지 남성성'의 말들. '가난한 비백인'이라는 피해자성에 갇힌 그들은 자신이 가해자가 될 수 있음을 성찰하지 않는다. 그래서 나에게 끝까지 무례했다. 생각해보면, 실제로 나는 백인 남성들을 더 많이 만났다. 그건 백인이 우월해서도, 그런 그들을 내가 동경해서도 아니었다. 그저 식민지 남성성이 피곤했을 뿐이다. 차라리 식민지 국가를 착취하며 벌어들인 교양과 윤리를 겉으로라도 장착한 덕에, 형식적 젠틀함이라도 유지하는 쪽이 나에게 더 안전했다. 나를 '어리숙한 동양인 여성'으로 보고, 은근히 가르치려 드는 태도를 감내하는 건 그와 별개로 감당해야 했지만.

오리엔탈리즘에 심취한 백인 남성들은 동양인 샤먼인 나

를 특히 좋아했다. 처음 만난 나를 자신의 영혼의 짝이라 부르곤 했다. 나는 동의한 적 없는데. 인도네시아에서 만난 영국 출신의 젠틀한 시스젠더 백인 남성 아셔도 그중 하나였다. 아셔는 동양철학과 명상, 신비주의에 심취해 있었고, 자신도 샤먼이 되고 싶다고 했다. 나는 우리 모두 자기 삶의 샤먼이니, 샤먼을 신비화하지 말라고 말했다. 그러자 그는 자신의 영적인 깨달음을 장황하게 말하기 시작했다. 안 물어봤고, 안 궁금했다. 그의 깨달음을 흘려 들으면서 오늘 저녁은 뭘 먹을지 생각했다.

다음 날 아침, 내가 선크림을 바르고 있을 때 아셔가 다가와 말했다.

I love your beautiful, natural skin. I pray for all of skin.
(나는 너의 아름다운 자연스러운 피부를 사랑해. 나는 모든 피부를
위해 기도해.)

'그래서 어쩌라고. 내가 지금 선크림 바른다는데.' 문제는 언어가 아니었다. 그는 자꾸 무언가를 가르치려 들었고, 나의 행위를 멋대로 짐작하며 평가하려 했다. 설령 그런 생각을 하더라도 그냥 아무 말 하지 않으면 좋을 텐데. 하지만 그는 자꾸 말했다. 도대체 어디서부터 말해야 할까. 그의 '백인 남성 주체

신화'는 기원 이전부터 퇴적된, 너무나 딱딱한 것이었다. 그건 당장 내가 어떻게 건드릴 수 있는 게 아니었다.

그렇다고 비백인 남성이 나왔던 것도 아니다. 그들에겐 예의 없는 맨스플레인이 있었고, 백인 남성에게는 예의 바른 맨스플레인이 있었다. 그냥 아무 말 하지 않고 있으면 내 로맨스가 파괴되지 않을 텐데.

무해한 몸정

그리스 출신의 시스젠더 백인 남성 샨티는 나에게 숙소비를 아낄 겸 함께 생활하자고 제안했다. 그리스 신화에서 튀어나온 듯한 부리부리한 눈, 뚜렷한 콧날, 수북한 수염, 꾸준한 요가 수행으로 다져진 아름다운 몸선. 무엇보다 말수가 적어 보였고, 영어도 서툴었다. 함께하지 않을 이유가 없었다.

샨티는 아침에 나보다 일찍 일어나 요가로 하루를 열었다. 베란다에 앉아 있으면 샨티가 두유와 오트밀에 바나나, 망고를 올리고 시나몬 가루를 뿌린 오트밀 죽을 내왔다. 샨티와 나는 베란다에서 길거리의 원숭이, 소, 당나귀, 강아지, 고양이를 내다보며 이런 말들을 주고받았다.

쏘 큐티. *(정말 귀엽다.)*

94

하우 고 투 데어? *(어떻게 저기를 올라가지?)*

룩스 라이크 베이비! *(아기 같아 보여!)*

쏘 러블리…… 라이크 유! *(너무 사랑스러워…… 너처럼!)*

저녁이면 우리는 말없이 앉아 넷플릭스를 보았다. 소통은 섹스할 때나 밥을 먹을 때, 일정을 조율할 때만 짧게 했다. 서툰 외국어 사용자라면 시스젠더 남성과도 어느 정도 관계가 유지됐다. 덕분에 지금까지도 그와 나는 서로를 그리워하는 메시지를 주고받는다.

말을 아예 하지 않는 교감도 있었다. 스리나가르에서 몸살로 앓아 누웠을 때, 내가 지내던 숙소 주인이었던 인도 출신의 시스젠더 이성애자 남성 골드는 나에게 황금 마사지를 해주겠다고 했다. 독실한 이슬람교 신자인 골드의 차분함에 마음을 놓고 간병을 받았다. 골드는 아름다운 이슬람 문양이 수놓아진 카펫 위에 푹신한 담요를 깔았고, 나는 그 위에 엎드렸다. 골드는 기도문을 외우며 향을 피웠다. 하얀 연기가 다락방을 채웠다. 제라늄 향의 아로마 오일이 묻은 손이 내 몸을 부드럽게 매만졌다. 머리부터 발끝까지 이어진 헌신적인 손길. 성기 접촉 없이 오르가즘을 느꼈다. 나는 이 체험을 '골드가즘'이라 부른다. 몸살은 씻은 듯 나았다. 골드와 나는 한동안 함께 살았다. 골드와의 교감은 향기로운 마사지만으로 충분했다.

말 없는 다정함이었다.

다정한 말만 골라서 하는 시스젠더 남성도 있었다. 스위스 출신의 민트도 마사지를 참 잘했다. 내가 글을 쓰다가 목이 아프다고 하면, 그는 무릎에 베개를 받친 후 누우라고 했다.

Are you ready? *(준비됐어?)*

(내가 미소 지으면 마사지가 시작된다. 민트의 엄지손가락이 내 미간에 올라오더니 눈썹 밑의 뼈를 부드럽게 누른다.)

Now, you can feel the stars coming to you. *(지금, 별들이 너에게 오는 걸 느껴봐.)*

(민트의 열 손가락이 내 양 볼과 미간, 이마를 살살 두드린다.)

Is that nice? *(좋아?)*

Do you want to go to space? *(우주로 떠나볼래?)*

그는 잠들 때까지 조용히 곁에 있었다. 성적인 의도 없이, 그저 다정하게 나를 만져준 유일한 남성이었다.

나는 다정한 침묵을 사랑한다. 말보다 진심이 먼저 닿는 그 순간을. 골드와 민트가 해주었던 마사지처럼 섬세하고 낯선 손길이 그리운 날이면 범블을 켜 마사지를 잘할 것 같은 사람을 구한다. 하지만 인연을 찾는 건 쉽지 않다. 내가 원하는 건 단순한 마사지가 아니다. 영혼이 깃든 마사지와 동지애적 로맨스, 그것을 나눌 이를 찾습니다.

　　인원: ○○명

　　기한: 상시

　　신청: brownieee9@gmail.com

　　* 성별, 인종, 국적 무관(비남성, 공감 능력자 우대)

　　* 시스젠더 남성일 경우 말이 없을 것, 발가락을 빨아줄 수

　　있을 것

콩글리시 해방전선
알유해피

언어권력을 가진 자들이 배려해야죠

비영어권 사람들과의 대화나 일대일 상황에서는 영어 소통이 괜찮았다. 하지만 영어권 사람들과 함께 있는 자리 혹은 너무 많은 사람들이 모여 있는 자리에서는 영어로 소통하는 일이 유난히 어려웠다. 왜 어떤 사람과는 언어의 장벽 없이 교감하는데, 어떤 사람과는 언어가 통하지 않았던 걸까. 그 차이는 뭘까. 내가 영어를 더 공부해야 하는 걸까. 회화 학원이나 앱 대신, 이런 고민을 나눌 수 있는 사람을 찾았다. 돔티였다. 돔티는 차별과 권력을 민감하게 성찰하는 사람이었고, 그래서 배려심이 있었다. 게다가 그는 영어가 제1언어인 미국에서 자랐다. 그런 돔티라면 영어의 허들을 걷어내면서 자유롭게 영어를 사용할 수 있도록 도와줄 수 있을 거라 믿었다.

작년에 나는 반려자들과 함께 매주 돔티의 윤리적 영어 회화 모임에 참여했다. 모임은 일산에 자리 잡은 독립서점 '너의 작업실'에서 열렸다. 첫 시간에는 영어에 두려움을 품게 된 경험을 나눴다. 어릴 때 영어 발음이 어눌해 놀림당한 기억, 영어가 제1언어인 이들과 대화를 나눌 때 위축되었던 경험 등등.

언어권력을 가진 자들이 배려해야죠.

돔티는 영어가 제1언어인 사람들이 배려하는 것이 당연하다며 이렇게 말했다. 배려 없는 대화라면 교감할 필요도 없다면서. 영어는 영어 문화권에서 태어난 이들에게 자막 없는 기본 음성이다. 컴퓨터의 언어도, 우주 행성의 이름도, 세계 공용어도 영어다. 이 견고한 특권을 누리는 이들이 다른 언어 사용자들을 배려하는 건 최소한의 염치다.

언어는 정치적이다. 언어 간 위계는 언제나 작동한다. 국가 간 위계에 따른 표준의 권력은 '이상한' 방언을 배제하고, 그들만의 기준에 맞추지 않는 언어를 방언으로 타자화한다. 그렇게 타자화된 존재는 스스로를 단속하기도 한다. 한국인 스스로 콩글리시를 창피해하고, '좋은' 영어 발음이 칭송받는 구조 속에서 부끄러움이 학습되는 것처럼. 외국인이 한국어를 어눌하게 사용해도 이해해주는데, 왜 우리는 뻔뻔하게 영어를 쓰지 못할까. 언어 간 위계 구조를 자각하지 못해서 영어에 대한 허들이 높아진 게 문제 아닐까. 내가 볼 땐 영어를 충분히 잘 사용하고 있는 한국인도 자신의 영어 '실력'이 부족하다 느끼며 학원을 찾는 것 같다. 왜 콩글리시 쓰는 것을 부끄럽다고 느껴야 할까. 왜 그토록 '완벽한' 영어에 집착해야 하는 것일까.

돔티는 다양한 비영어권 사용자가 영어로 대화하는 영상을 보여줬다. 게이 커플이 서로의 정신질환과 그것을 돌보는 어려움 혹은 기쁨에 대해 대화하는 영상, 흑인 여성과 백인 남성 커플이 젠더와 인종 위계로 느끼는 솔직한 감정에 대해 대화하는 영상, 트랜스젠더 여성 레즈비언과 커플인 라틴계 여성이 가족에게 커밍아웃을 하며 어려움을 겪었던 이야기를 나누는 영상 등 다양했다. 영상 속 이들은 저마다의 영어로 대화하고 있었다. 어떤 말투는 억양이 너무 강하거나 흐릿해서 마치 처음 듣는 언어처럼 알아듣기 어려웠지만, 내가 관심 있는 주제로 이뤄지는 대화는 뉘앙스를 통해 의미를 이해할 수 있었다. 같은 한국어를 사용해도 말하는 속도와 방식이 사람마다 다르듯, 영어 사용자들도 저마다의 호흡으로 말했다. 말을 더듬고, 침묵하고, 한정된 어휘를 사용하면서도 소통을 이어나갔다.

돔티는 기린의 글방에서 함께 글을 쓰던 동료다. 한국어를 배운 지 얼마 되지 않은 그의 글과 말은 섬세하고 명확했다. 왜일까? 글방에서 만난 프랑스 친구 케일의 글도 그랬다. 케일 역시 한국어를 배운 지 오래되지 않아 어휘가 제한적이었지만, 한정된 언어 속에서도 모든 것을 표현해냈다. 불필요한 수사가 없어 글이 정갈했고, 누구나 쉽게 이해할 수 있는 비유를 사용해서 잘 읽혔다. 직관적인 시 같았다. 돔티의 글과 말도 그랬다. 나의 영어도 그렇게 담백하게 느껴지지 않을까?

이어서 우리는 각자의 다양한 정체성과 관계 방식을 설명하는 표현을 탐구했다. 해외 데이팅 앱 범블의 프로필 작성도 함께했다. 범블에 게시해둔 나의 자기소개는 이렇다.

Hi. You can call me 'Kali'. I'm a queer feminist vegan shaman. I write about taboos and the stories of minorities. Open to all kinds of consensual relationship anarchy with care, responsibility and loyalty. (안녕. 나를 칼리라고 불러도 돼. 나는 퀴어 페미니스트 비건 샤먼이야. 나는 금기시된 이야기, 소수자의 이야기를 써. 나는 서로를 돌보고 책임지며 의리를 다하는 합의된 무질서한 관계들에 열려 있어.)

꼭 필요한 표현만 모아서 썼다. 일대일 배타적 독점 연애로 이어지는 관계 방식과 달리, 내가 지향하는 무질서한 관계

relationship anarchy는 배타적인 독점, 연애/비연애 인연 간의 위계 없이 무질서하게 열려 있다. 여기에 합의, 책임, 돌봄이라는 표현이 들어가야 정확히 내가 원하는 관계가 표현된다. 이제 이런 관계 방식과 가치관에 공감하는 이들이 나에게 연락해올 것이다. 나에게 필요한 건 풍부한 어휘가 아니다. 한정된 어휘에서도 교감할 수 있다는 마음, 그런 마음을 경청해주는 관계다.

예스, 암 어 프라우드 소셜 저스티스 워리어!

돔티는 한국어+영어(콩글리시), 힌디어+영어(힝글리시) 같은 조합이 미국에서 여전히 조롱의 대상이 되지만, 독일어+영어 사용자나 프랑스어+영어 사용자들의 발음과 억양은 개성으로 받아들여지는 점을 지적하기도 했다. 일례로 〈듄〉 감독으로 수많은 인터뷰를 소화한 드니 빌뇌브는 캐나다 퀘백 출신이다. 퀘백식 프랑스어가 제1언어이고 영어는 억양이 강해서 알아듣기 어려울 때가 많지만, 무척 당당하게 영어로 인터뷰한다. 그럼에도 알아듣기 어렵다는 지적을 받기보다 멋진 감독으로 추앙받는 경우가 훨씬 많다고 한다.

반면 스페인어+영어(스팽글리시) 조합은 엄연히 미국 문화의 중요한 부분으로 자리 잡고 있음에도 스팽글리시나 스페인어 사용자들이 "너네 나라로 돌아가라"는 말을 듣는 경우가

2부. 틈새 표류기

많다. 특히 트럼프 정부가 들어서고 나서는 공공장소에서 스페인어를 쓰는 것만으로도 큰 피해를 당하고 있다고 한다. 이민국 요원들에게 붙잡혀 가거나 미국 출생증명서를 보여줘야 겨우 풀려나는 경우가 부지기수라고. 이런 상황이니, 한국어 사용자인 나도 미국에 있었다면 비슷한 일을 겪었을 수도 있지 않을까.

> (한국말로 친구와 통화하고 있는데 이민국 요원들이 잡아간다.)
> 어, 잠깐만요. 저 왜 잡아가요?
> *Catch the illegal immigrant!* (불법체류자를 잡아라!)
> 아니 저 왜 잡아가냐구요? 돈 터치!!

내 말은 그들에게 이런 방언으로 들릴 거다.

> 꿃끝댑딍땞?!!

우리는 해외에서 겪는 차별에 대응하는 방법도 함께 고민했다. 내가 해외에서 가장 자주 겪은 인종차별은 '니하오'라는 인사였다. 모든 동양인이 중국어를 사용하는 것은 아니고, 영어 문화권에서 태어나 살아가는 동양인도 있다. '니하오'는 동양인처럼 보이는 나를 중국인으로 패싱하며 동양인을 하나의 덩어리로 보는 인종차별이다. 우리는 이 표현을 다시 마주했을 때 어떻게 대응하는 게 효과적일지 고민했다. 정리한 대응 표현은 이렇다.

1. "두 유 원 투 트라이 어게인?" 혹은 "트라이 어게인?"*(다시 해볼래?)* → "니하오!" → "바이, 레이시스트!"*(잘 있어, 인종차별주의자!)* 하고 떠나기.

2. 동양인이 사용할 것 같지 않은, 독일어나 스페인어로 인사해 상대를 당황시키기 → "게스 왓 카인드 오브 아시안 아이 엠?"*(제가 어떤 아시아인인지 맞춰보세요)* → "링!"*(땡!)* 하고 떠나기.

3. *(말을 주고받고 싶지 않을 때)* "하이 레이시스트, 바이 레이시스트!"*(안녕 인종차별주의자, 잘 있어 인종차별주의자!)*라고 말하고 떠나기.

인종차별뿐 아니라, 성차별에 대처하는 간편한 표현도 익혔다.

유 아 섹시스트! *(넌 성차별주의자야!)*

이 한마디면 된다. 짧지만 명확한 말은 순식간에 큰 해방을 가져온다.

다운 윗 더 페이트리야키! (가부장제를 무너뜨리자!)

"Down with the patriarchy"는 페미니스트들의 오랜 집회 구호다. 돔티는 이런 표현을 하면 부정적인 말을 듣게 될 수도 있다고 했다. 이를테면, SJW 같은. 미국 극우세력은 차별에 반대하며 사회정의를 주장하는 사람들을 'Social Justice Warrior'(SJW)라고 조롱한다고 한다. 윤리적 질문을 이어가는 이들이 한국에서 'PC충'이라고 조롱당하는 것처럼. 돔티는 이 표현을 전복적으로 사용할 수도 있음을 함께 알려주었다.

예스, 암 어 프라우드 소셜 저스티스 워리어! (그래, 난 자랑스러운 사회정의 전사야!)

조롱을 긍정적인 정체성으로 바꾸기. 언어 저항이다.

알 유 해피?

아난다는 인도 여행을 앞두고 영어를 몰라 걱정된다고 했다. 하지만 막상 인도에 도착하자, 사람들에게 "알 유 해피?"라고 물었다. 유창한 영어가 아니어도 괜찮았다. 언어가 통하지 않아도 주눅 들지 않는 아난다가 신기했다. 서로를 위하는 마음이 있으면 어떻게든 통할 수 있다는 걸 아난다는 알고 있었다. 그래서 한국어를 모르는 사람들과도 한국어로 대화했고, 언어를 사용하지 않는 존재들과도 교감했다.

저기, 고향이 어디에요? 홈?
홈? 아, 히어!
여기 히어? 좋겠네요, 굿! 호호
굿! 하하 호호

아난다는 이런 식으로 마주치는 존재들과 사랑을 나눴다.

원숭아, 배고프니? 나도 원숭이띠인데 반갑다. 식빵 줄까?

원숭이는 문 앞에 앉아 손가락으로 빵을 뜯으며 아난다를 쳐다봤다.

맛있게 먹어~ 방해 안 할게.

언젠가 새들이 머리 위를 날아가자 아난다는 이렇게 말

했다.

새들이다! 안녕? 나도 새가 되고 싶었어. '이 몸이 새라면~
이 몸이 새라면~ 날아가리~'

옥상 식당에서 아난다와 밥을 먹을 때였다. 우리가 서로
내가 먼저 죽을 거라며 바득바득 싸우고 있는데, 갑자기 까마
귀가 날아와 오른쪽 날개로 아난다의 머리를 톡 건드리고 지
나갔다. 아난다의 헝클어진 머리카락을 보고 그만 웃음이 터
졌다.

뭐지? 나 친 건가?
응. 새가 그만 싸우래.

우리는 다시 깔깔 웃었다.
아난다와 나는 여행을 좋아한다. 하늘과 가까운 다람살라
산마을은 새가 되고 싶다던 아난다에게도 해방의 공간이었다.
한국에 돌아온 후에도 아난다와 나는 언어를 파괴하며 해방되
던 그때를 떠올리며 종종 영어로 대화하곤 한다.

헬로우 아난다! (안녕하시었어요 아난다!)

헬로우 칼리~ 하우 알 유? (안녕하시어요 칼리~ 어떤가요?)
암 파인. 땡큐 아난다. 앤쥬? (나는 좋아요. 고마워요 아난다.
아난다는 어떤가요?)

우리는 한동안 회화 모임도 함께했다. 돔티에게 배운 영
어에 대한 태도를 아난다에게도 전해주고 싶었다. 다행히 아
난다는 영어에 대한 두려움이 없었다. 술을 좋아하는 아난다
가 영어 사용자와 술을 마시는 상황이 생겼을 때 사용할 수 있
는 영어 표현을 함께 정리했다.

치어스! 암 해비 드렁커! (건배! 나는 술꾼이야!)
영어를 쓰는 것만으로 여행하는 느낌이야.

낯선 외국어는 낯선 땅처럼 교감과 해방의 공간이 될 수
있다. 상처 준 적 없는 공간. 반면 한국어는 아난다에게 따뜻한
교감의 언어인 동시에 가스라이팅과 폭력이 행해지는 공간이
기도 했다. 아빠는 한국어로 아난다를 통제하고 억압했다. 무
수한 종교 지도자들도 그랬다. 여자는 남편을 하늘처럼 섬겨
야 한다고. 아난다는 사랑을 빌미로 폭력을 강요하는 말을 한
국어로 들어왔다. 나는 아난다에게 여행하는 기분을 선물하고
싶어 영어 성경책을 줄까 고민했다. 하지만 책장을 넘기다 '하

나님=Father'라는 단어를 보고 새삼스레 기겁했다. 해방과 연결을 위해 영어를 공부하는데, 비남성을 배제하는 표현을 영어로도 봐야한다고? NOPE!

'하늘에 계신 하나님 아버지'를 주기도문으로 외워도, 새들과 이야기 나누는 아난다는 이미 하늘에 있다. 같은 하늘 아래 살아가는 모든 존재가 연결되어 있음을 알고 있는 아난다는 하나님이 아버지로 고정될 수 없는 무한한 사랑이라는 걸 안다. 폭력을 저질러도 견뎌야 하는 아버지가 아니라, 영혼을 억압하는 모든 것에서 자유롭게 하는 사랑 그 자체라는 걸.

굳이 영어를 공부하지 않아도 아난다는 "알 유 해피?"를 나누며 언어의 경계를 허물 것이다. 알유해피는 우리의 해방 전선이다.

정책성 확산 조건

내 이름은
내가 정해

내 이름은 칼리라고

칼리, 이즈 유어 네임 승희? (칼리, 너의 이름은 승희야?)

승희 이즈 패런츠 기븐 네임. 암 칼리. (승희는 모부님에게

받은 이름이야. 나는 칼리야.)

벗 승희 이즈 몰 코리안 네임. 쏘…… (하지만 승희가 더 한국

이름 같아. 그래서……)

아르헨티나 출신의 슈룸은 여권에 적힌 내 이름을 버리는 것이 안타까운 듯했다. 내가 내 이름을 그렇게 하겠다는데 어쩌라는 것이지? 혹시 내가 영어 사용자들의 편의를 위해 영어 이름을 쓰는 거라고 생각한 걸까? 아니면 제국주의적 영어권력에 포섭된 채 식민지 감수성을 내면화한 건 아닌지 걱정한 걸까? 물론 그런 질문은 중요하지만, 그렇다 해도 들으려는 마음이 먼저여야 한다.

슈룸은 종종 남성으로 패싱됐지만, 스스로를 특정 성별로 규정하지 않는 논바이너리였다. 게스트하우스에서 시스젠더 남성들이 큰 목소리로 무리 지어 다니는 것을 싫어해서 나를 포함한 논바이너리 친구들과 따로 모여 밥을 먹고 산책하곤 했다. 그런 슈룸이 왜 내가 한국적인 이름을 써야 한다고 생각하는 것인지 이해하기 어려웠다. '여성답지 않다', '동양인답지 않다'고 말하는 것이 차별이듯, 한국인이 '한국인답지 않은' 이름을 사용하지 않는다고 말하는 것도 차별이다. 슈룸은 성별 이분법은 유영하면서도 왜 내 이름이 유영할 수 있다고는 생각지 못했을까.

신의 이름이 불릴 때

'칼리'는 영어가 아니라 힌디어 'काली'(Kālī)다. 11년 전 인도 친구 소로가 내게 이 이름을 선물해주었다. 소로의 타투숍에는 기괴하고 아름다운 도안들이 많았는데, 그중 유일하게 색이 들어간 그림이 하나 있었다. 팔이 여러 개인 파란 피부의 사람이 한 손에는 피가 줄줄 흐르는 칼을, 다른 한 손에는 잘린 머리를 들고 있었다. 해골 목걸이를 걸고 혀를 내민 피투성이 얼굴이 섬뜩했지만 표정은 장난스럽고 뻔뻔했다. 마치 '그래, 나 미쳤고 더럽다. 어쩔래?'라고 말하는 것 같았다. 소로는 그 그림이 '칼리'라고 했다.

유어 디비니티 이즈 라이크 칼리. 저스트 앤 래디컬 에너지.
(너의 신성은 괴팍한 정의의 칼리 같아.)

내가 한국에서 어떤 일을 했고, 어떤 마음으로 인도에 왔는지 이야기하자 소로가 말했다. 소로는 그 그림과 함께 이름을 건넸다. "깔리." 그때부터 나는 칼리였다. 칼리 마따Kālī Mātaḥ 는 인도의 페미니스트와 하층민들에게 특히 사랑받는 괴팍한 정의의 신이다. 사탄의 피가 땅에 한 방울 한 방울 떨어져 복제된 사탄이 땅에서 자랄 때 남신들은 폭력이 전염되는 것을 그저 보고만 있었다. 그때 칼리가 나서 사탄을 찌르고 들어 올린 뒤 그 피를 몽땅 마셔버렸다. 남성중심의 신력을 무너뜨린 것이다. 칼리는 무지에서 비롯된 모든 두려움과 두려움을 안겨주는 것을 집어삼킨다. 나는 극단적인 형상에 담긴 칼리의 뜨거운 사랑이 좋았다. 두려움을 삼킨 채 죽음과 시간의 춤을 추는 칼리는 내게 새롭게 시작하는 여정을 상징했다.

ॐ क्रीं कालिकायै नमः Om Krīṁ Kālikāyai Namaḥ(옴 크림 칼리카예

나마하).

변혁의 힘을 부르는 이 진언을 속삭이면, 칼리는 응답한다. 두려운 게 있으면 나한테 줘. 내가 먹어줄게.

나의 또 다른 이름은 '라모ꥲ'다. 티베트 출신의 페마는 활짝 웃는 내 모습이 티베트 불교의 수호신 팔덴라모Palden Lhamo 같다며 나를 라모라고 불렀다. 역시 페마라는 이름을 가진 또 다른 티베트 출신 친구는 내 왼팔에 타투로 티베트어 라모 'ꥲꥲ'를 새겨주었다. 페마ꥲ는 '관세음보살'과 '연꽃'을 뜻한다. 티베트 친구들은 이름이 비슷했는데, 불교 수호신의 이름을 이어받은 경우가 많아서였다.

많은 사람들이 사용하는 보편적인 이름은 자칫 개성 없어 보일 수도 있지만, 내가 그 이름에 공명하는 존재로 인식되도록 해준다. '칼리'로 불리는 다른 칼리를 만나거나 티베트의 다른 '라모'를 만나면, 그 이름의 뜻을 함께하는 동지를 만난 듯 반갑다.

불교의 법명이나 천주교의 세례명, 무당의 신명처럼 이름은 존재를 드러내고 관계 맺는 방식이다. 망령도 이름이 불리며 사라지고, 신령도 이름이 불리며 스민다.

흐르는 이름들의 집

11년이 지난 지금도 칼리는 내 이름이다. 예명이기도, 필명이기도, 활동명이기도, 신명이기도 하다. 어떤 사람들은 그 이름이 나에게 잘 어울린다고 했고, 어떤 사람들은 너무 강한 이름이라고 했다. 또 다른 사람들은 칼리가 한국어가 아닌 영어 이름처럼 들리는 것이 불편한 듯했다.

이런 시선들은 익숙하다. 기존 질서에서 부여받은 것이 아닌 정체성, 나 스스로 선택한 승인되지 않은 정체성은 비아냥이나 걱정의 대상이 되기 쉽다. 내가 스스로를 '논바이너리'라고 설명할 때도, 나의 관계 지향을 독점적 연애 규범을 따르지 않는 '릴레이션십 아나키'로 소개할 때도 그랬다.

나는 새로운 정체성을 탐구하고 거기에 이름을 부여하는 걸 좋아한다. 하지만 결코 상품처럼 라벨링하기 위해서가 아니다. 기존의 언어로는 나를 설명할 수 없고, 그러고 싶지도 않기 때문이다. 논바이너리, 릴레이션십 아나키, 퀴어 페미니스트, 비건 지향…… 전부 영어이긴 하지만, 통용되는 언어가 그것이니 빌려 쓸 뿐이다. 임시의 언어라도, 이 언어의 집은 나를 허용한다. 정체성은 분류가 아니라 흐름이니까.

나를 부르는 이름도 흐른다. 금기시되는 욕망에 대해 쓰는 모임인 기린의 욕망글방에서 사용하는 필명 '홀리Holy', 성노

동이나 데이팅 앱을 할 때 쓰는 '릴리Lilli', 불교 수행자들 사이
에서 불리는 법명 '초의草衣', 기독교 수행자들과 함께일 때 쓰
는 세례명 '카타리나Catharina', 폴리아모리 공동체에서 쓰는 '수
림'('맹그로브'의 한국어 표현인 '홍수림'에서 따왔다), 아난다가 나
를 부르는 이름이자 여권에 적힌 이름 '승희Seunghee'. 인연길 따
라 정체성도 흐른다.

정홍 칼리로 존재하기

나의 주민등록상 이름은 '홍승희'다. '칼리'로 이름을 변
경할까 생각했지만, 한국사회에서 법적 이름이 외국인처럼 보
이는 '칼리'가 되면 받게 될 차별적인 시선을 감당할 자신이 없
었다. 슈룸의 걱정처럼 '승희'라는 이름이 딱히 싫은 것도 아니
다. 나를 여전히 '승희'라고 부르는 아난다가 있으니까. 다만,
아빠의 성씨를 따라 지어진 성이 불편하다. 물론 아난다의 성
인 '정'도 아난다의 아버지 성이다. 그래도, 지금의 아난다를
내 이름에 포함하고 싶었다.

아예 성을 쓰지 않거나 새로운 성을 쓸 수도 있지만, '정
홍'의 소리와 기운, 뜻도 마음에 들었다. '정홍'은 파동성명학
(이름의 소리에 담긴 오행을 보는 작명법)적으로 땅에 발 딛게 해
주는 이름이다. '하남 정'은 강의 남쪽, '남양 홍'은 남쪽의 양기

라는 뜻이다. 마침 내가 떠돌던 공간도 모두 한반도의 남쪽이었다. 인도, 네팔, 캄보디아, 태국, 필리핀, 베트남, 대만, 인도네시아, 이집트, 멕시코, 페루…… 남쪽은 추방된 존재들이 도망치던 방향이기도 하다. 나는 '정홍'을 '올곧은 붉음'과 '따뜻한 남쪽'을 품은 뜻으로 사용하기로 하고 성본 변경 사유서를 작성했다.

〈성본 변경 사유서〉

성본 변경 신청인: 홍승희
변경 요청 성명: 정홍승희

저는 태어나면서부터 아버지의 '홍'씨 성을 따라야
했습니다. 호주제가 폐지된 시대에 살고 있지만, 여전히
아버지의 성을 따라야만 하는 관습이 강요되는 현실을
마주합니다. 왜 여성과 그들의 목숨을 건 출산은 가려지고,
태어난 존재에게 부여되는 이름에서조차 여성의 흔적은
지워지는 것일까요? 제 성은 여전히 공고한 가부장제의
유산이고, 저는 이 유산을 넘어서고 싶습니다.
이름은 제 삶을 표현합니다. 저는 구구절절한 사연과
가정사의 상처를 해부하면서 이름을 바꾸는 것을 승인받고
싶지 않습니다. '당연한 권리'로서 제 성을 바꾸고 싶습니다.

대한민국 헌법 제10조는 국민의 행복추구권을 보장하고 있습니다. 그러나 저는 제 성을 볼 때마다 저를 길러준 어머니의 흔적이 사라져 있는 현실과 마주해야 했습니다. 성본 변경은 저의 행복을 위한 필수적인 권리입니다. 제 이름 앞에 '정'이 오는 것은 단순한 성씨 변경이 아니라, 저를 낳아준 어머니의 흔적을 되찾는 과정입니다. 저는 단지 어머니의 사랑을 받은 자녀가 아니라 어머니가 걸어온 가부장제와 성차별, 그로 인한 폭력 속에서 생존한 동료로서, 부조리를 넘어선 이름으로 존재하기를 원합니다. '정홍승희'라는 이름을 승인해주신다면, 저는 이 이름으로 살아가며 성평등한 세상을 향한 한 걸음을 내딛을 것입니다. 그리고 이 선택이 단순한 개인의 사연이 아닌, 이 사회가 나아가야 할 방향이라는 점을 증명하는 삶을 살아갈 것입니다. 저의 성본 변경을 승인해주시길 간곡히 요청드립니다.

신청인: 홍승희 (변경 요청: 정홍승희)

사유서를 쓴 뒤 성본 변경에 필요한 서류를 하나하나 정리했다. 두 개의 성을 등록하는 형태는 허용되지 않아 '정'을 성으로, '홍승희'를 이름으로 하려 했다. 하지만 서류 작성 도

중 내 여정은 막혔다. 성본 변경에 동의하는 아버지의 동의서와 인감증명서가 필요했던 것이다. 황당했다. 내 이름을 바꾸는 일조차 남성의 승인을 받아야 하다니. 이런 절차가 가부장제의 유산이기에, 이것을 넘어서기 위해 성을 바꾸려는 거였다. 가부장 국가권력이 다스리는 관료주의는 내 예상보다 훨씬 게을렀다. 동의서를 제출하지 않기 위해서는 아버지에게 받은 학대, 방임 등을 입증할 수 있는 증거나 증언이 필요하다고 했다. 그런 방식으로는 성을 바꾸고 싶지 않았다. 당연한 권리로서 성을 바꾸고 싶었는데, 그마저 막혀버렸다.

그들이 승인해주거나 말거나, 내 이름은 아난다의 성을 맨 앞에 놓은 '정홍칼리'다. 여권에는 '홍'씨 성만 새겨져 있지만.

지금의 이름은 '칼리'지만, 나중엔 다른 이름으로 흐를지도 모른다. 슈룸을 다시 만나면 이렇게 말하고 싶다.

슈룸, 내 이름도 정체성처럼 흐르고 있어. 그러니 내 이름은 내가 정해. 내가 선택한 이름으로 나를 불러줄 때, 나는 온전히 나일 수 있어.

글 쓰는
디지털 떠돌이

마법사가 되는 방법

'마법사가 되는 방법'이라는 게임을 좋아했다. 넓은 바다와 초원, 얼음산과 용이 사는 동굴에서 약초를 찾고 마법을 익히는 게임이었다. 몽롱한 배경음악이 흐르는 광활한 대지가 컴퓨터를 꺼도 아른거렸다. 그런 풍경은 지구 어딘가에 존재할지 늘 궁금했다.

인도 북부 누브라밸리로 가는 길이 그랬다. 나흘 동안 승합차를 타고 절벽 끝에 가까스로 난 좁은 도로를 따라 달렸다. 인간의 폐를 닮은 거대한 산맥과 에메랄드빛의 언덕, 은빛과 분홍빛의 바위산이 조상의 얼굴을 하고 나를 쳐다봤다. 협곡을 따라 이동하면 인간의 흔적 따윈 없는 넓은 초원이 보였다. 파스텔 톤의 꽃과 아기자기한 나무와 바위들이 사이좋게 모여

3부 정체성 횡단기

있었다. 소와 양들은 도로 위를 줄지어 걸었다. 그들이 길을 지나갈 때면 잠시 멈춰 서서 초원을 바라볼 수 있었다. 그곳으로 당장 뛰어들고 싶은 충동을 꾹꾹 눌렀다. 밤이 되면 검은 하늘을 가득 채운 별들이 눈앞에 펼쳐졌다. 게임보다 신비롭고, 판타지 영화보다 비현실적이었다. 황홀해서 눈물이 났다. 별의 일부인 모두가 온전하다는 걸 기억하게 되는 순간이었다.

마법사 대신 무당이 된 나는 부무로 살아갔다. 핸드폰 카메라로 영상을 촬영하고, 이동하면서는 앱으로 영상을 편집하거나 기억하고 싶은 것을 메모했다. 방문하는 곳마다 "두유 해브 와이파이?"를 물으며 자리를 찾았다. 인터넷이 연결되면 노트북을 열어 적어둔 메모를 보며 글을 완성하고 전송했다. 그러고는 문자, 보이스톡, 페이스톡을 통해 손님들을 만났다. 한국 시간으로 오후 4시에 상담 약속을 잡으면, 인도에서는 점심 12시 30분에 시작된다. 지구 반대편에 있는 사람과도 굿을 나눌 수 있고, 지금 내가 보고 있는 하늘과 바다를 바로 공유할 수도 있다. 영상은 와이파이가 아주 빠른 공간을 찾게 될 때 업로드했다.

일을 마치고 노트북을 닫으면 짙푸른 바다와 하늘이 열렸다. 나는 다시 자연 속 태곳적 생명체로 돌아갔다. 꿈에 그리던 마법사처럼 풀과 돌멩이를 만나며 초원과 바다와 사막을 돌아다녔다. 멀리 있는 이들과도 닿을 수 있는 디지털 굿터, 인터넷 신령망이 있어서 가능한 마법이었다.

떠돌이의 노동

인도 산마을의 떠돌이들은 다양한 노동을 했다. 나무껍질과 돌멩이와 조개껍데기로 목걸이, 반지, 귀걸이를 만들고, 옷을 리사이클링하고, 드림캐처 공예품을 만들고, 머리카락에 색색의 실을 감는 룰루와 타투를 출장 다니며 시술했다. 노래와 춤 공연, 방석 돌리기나 불봉 돌리기를 수련하며 공연을 다니기도 했고, 요가와 명상 지도, 레이키 치료(손으로 영기를 흐르게 하는 의식), 마사지, 목수 일, 전기 수리 등 각자의 기술로 돈을 벌거나 숙소를 얻는 이들도 있었다. 나도 새로 생긴 숙소에 벽화를 그려주고 숙소비를 충당한 적이 있다. 카페에서 그림을 그리고 있으면 사람들이 다가와서 그림을 샀다. 어두운 상징이 담긴 내 그림은 이스라엘 사람들에게 인기가 좋았다. 그림을 타투와 맞바꾸기도 했다. 내 목 뒤의 뫼비우스 타투는 물속 인어를 그린 그림과 교환하며 새긴 것이다.

장기 여행자들이 모인 지역에서는 타투가 인기였다. 한국에서 온 한 여행자는 10년 동안 다니던 직장을 그만두고 타투를 배우러 왔다고 했다. 남은 생은 타투를 하며 지구를 떠돌며 살 거라면서. 몸에 그림 그리는 것을 좋아하는 나도 타투를

3부. 정체성 횡단기

수련했다. 타투를 배우면 장기적인 수입을 안정적으로 마련할 수 있었다. 동네 타투숍에서 바늘과 잉크를 구해와서 내 손등과 다리에 직접 새겼다. 천천히, 깊이 호흡하며 한 땀 한 땀 새기는 과정은 마치 명상 같았다. 하지만 오랜 시간 같은 자세를 유지하는 일은 상당한 인내심과 체력을 요구했다. 결국 내 몸에만 새기고 따로 손님을 받지는 않았다. 지금은 신당을 찾는 손님들에게 가끔 핸드포크로 부적 타투를 새겨드리고 있다. 목디스크가 심하지 않은 시기에만 할 수 있다.

이런저런 노동을 하며 떠도는 동안, 때가 되면 마주치게 되는 익숙한 얼굴들이 생겼다. 그렇게 쌓인 우정은 서로를 먹여주고 재워주는 세상이 되기도 했다. 몸이 아프고 지낼 집이 없을 때, 나를 내내 보살펴준 인연도 있었다. 떠돌이들의 노동은 이런 인연망 안에서 지속될 수 있었다.

떠돌이의 영토

두 번째로 인도에 갔을 때는 정기적인 수입이 생겼다. 매월 원고료 30만 원이 들어왔다. 한국에서는 그 돈으로 지낼 수 없지만, 인도에서는 한 달 생활비로 충분했다. 인도의 물가는 몇 년이 지나도 변함이 없었다. 올망졸망한 유기농 감자 열 알을 한국 돈 500원으로 살 수 있을 정도였다. 꼭 필요한 만큼만

일하고, 나머지 시간에는 요리하고, 이불을 털고, 멍하니 하늘을 보며 한가로이 보냈다. 산을 돌아다니거나, 방석 돌리기와 룰루 매듭을 배우거나, 춤을 추거나, 낮잠을 자기도 했다. 그때부터 줄곧 디지털 떠돌이 노동자로 지내온 셈이다.

디지털 떠돌이 노동자의 유형은 무척 다양하다. 나처럼 글을 쓰고 그 수입으로 살아가는 이도 있지만, 비트코인 투자, IT 개발, 웹디자인, 비대면 컨설팅, 상담 등의 온라인 업무를 하는 이들도 많다. 하지만 정전이 잦은 산마을에는 온라인보다 오프라인으로 일하는 이들이 많았다. 디지털 노동자인 나는 원고를 제출해야 하는 마감일에 전기가 끊기면 우비를 뒤집어쓰고 산길을 뛰어 내려가 인터넷이 되는 카페로 향해야 했다.

떠돌이들은 디지털이라는 영토에 모여들었다. 아니, 그보다는 디지털 신자유주의가 떠돌이들의 영토까지 침범했다. 어떤 이들은 디지털로 일하며 지구 곳곳을 여행하며 살아가고, 어떤 이들은 망명하거나 피난길에 오른다. 난민과 디지털 노마드의 공존은 그 자체로 지구가 얼마나 불평등한 곳인지 보여준다. 나는 신제국주의와 비장애인중심주의를 성찰 없이 미화하는 듯한 뉘앙스의 '디지털 노마드' 대신 '디지털 떠돌이 노동자'라는 호칭으로 불리고 싶다. 나는 글 쓰는 디지털 떠돌이 노동자다. 굿문을 쓰는 떠돌이, 부무.

부무의 터전

나에게 글쓰기는 굿문을 쓰는 노동이다. 진심의 문장으로 하늘문을 여는 일. 손님들에게도 말하곤 한다. 가성비와 효험이 좋은 굿이 필요하다면 글을 써보라고. 진심이 깃든 문장은 신성이 머무는 굿당이라고. 몸이 신당이고 글이 굿당이니까. 어디든 글을 쓰는 그곳이 나의 굿터고 삶터다. 어디든 떠돌 수 있는 이유다.

나는 지금도 글 쓰는 디지털 부무로 살고 있다. 오늘은 반려자들과 고양시를 떠나 양주의 카페에서 이 글을 쓰고 있다. 노트북을 덮고 밖으로 나가면 오래된 나무를 만날 수 있다. 나무 옆에서 햇살을 쬐던 고양이들도 그곳에 있을 것이다.

반려자들은 집필노동과 번역 작업, 비대면 강연과 수업을 한다. 우리가 함께 지내는 집은 2년 후 계약 갱신이 예정되어 있다. 요즘 고양시가 서울로 편입될 수도 있다는 소문이 들린다. 만약 그렇게 되면 집값이 오를 텐데, 자가가 아닌 우리에게는 좋은 소식이 아니다. 집값도 물가도 점점 더 오르면 우리는 어떻게 될까?

다시 떠나면 된다. 어디든 글을 쓸 수 있는 곳이라면.

글로벌
성노동자

여성 공연 노동

하이. 암 섹스 워커. 아이 캔 퍼폼 더 카인드 오브 페미니티
유 디자이어, 벗 유 니드 페이 뜨리 헌드레드 달러 퍼 아워.
*(안녕, 나는 성노동자야. 네가 원하는 일정한 여성성을 연기해줄 수
있어. 대신 시간당 300달러를 내면 돼.)*

지금도 가끔 상상한다. 그들에게 이렇게 말해야 했을까.
한국에서는 시간당 비용을 받으며 성노동을 했고, 해외에서는
돈 대신 숙소, 식사, 문화 체험 같은 것을 대가로 받았다. 구루
의 성추행 발언을 견디며 무료로 요가를 배우거나, 식당 주인
에게 성희롱을 당하며 무료로 식사와 디저트를 해결하기도 했
다. 일상적인 성노동이고 성추행이었다. 제도가 이런 걸 제대

로 처벌하지 않으니 스스로 피해보상금 혹은 성노동 임금이라도 챙겨야 했다.

나에게 성노동은 단순히 돈을 받고 하는 성기 결합 섹스나 남성의 사정 횟수별로 비용을 받는 거래를 의미하지 않는다. '여성 역할을 수행하는 모든 노동'이 성노동이다. 물어보지 않은 이야기를 경청해주고, 미소를 짓고, 남성의 감정을 받아주는 것까지 포함되는 노동. 모든 존재가 능력에 관계없이 보호받고, 여성에게 부여되는 성노동이 당연한 것으로 여겨지지 않는 세상이라면 굳이 이 노동을 택하지 않았을지도 모른다.

하지만 외국에서 나는 가난한 이방인이었고, 심심했다. 여행하면서 새로운 음식을 맛보고 언어를 배우듯, 다양한 관계를 경험하고 싶었다. 그래서 외모, 인종, 국적, 나이, 계급을 가리지 않고 인연이 닿는 대로 잤다. 인도, 그리스, 티베트, 네팔, 베트남, 영국, 스위스, 스웨덴, 이집트, 노르웨이, 페루, 이탈리아, 아르헨티나, 모로코, 독일, 미국 출신의 남성들과 섹스하며 영어를 배우고, 숙소를 얻고, 영양가 있는 음식을 얻어 먹었다. 그들 대부분은 나와의 관계를 로맨스로 기억하겠지만, 나에게 그것은 성노동과 별반 다르지 않았다.

단기나 장기로 해외 원정을 갈 수도 있다. 외국 성산업 업소에 취직하는 방식도 있지만, 조직 생활이 영 맞지 않는 내게 그건 좀 그렇다. 대신 프리랜서 단기 성노동 출장을 갈 수는 있다. 이 방법은 오랜 시간이 지난 뒤에야 알았다. 왜 그 생각을 못했지? 성노동으로 겸사겸사 해외여행을 갈 수 있었을 텐데. 한국에서도 성구매자들은 해외 출장이나 여행을 함께 다녀오는 조건으로 성노동자의 시간을 사고 비용을 지불한다. 하지만 이 과정에도 위험은 존재한다. 해외에서 성노동자를 방치하고 도망치는 경우가 있기 때문이다. 혹시 해외 출장 성노동을 하려거든, 비행기를 타기 전에 반드시 선불로 모든 비용을 받으라고 당부하고 싶다.

로맨스라는 노동

계약이 명확한 관계도 있지만 연애 같은 형태로 성 역할을 수행하며 비행기표, 숙소, 식사, 쇼핑 비용을 제공받을 수도 있다. 돈과 나이가 많은 백인 남성이 다양한 국적의 여성과 호화로운 여행을 다니는 모습은 어디서든 볼 수 있다.

하지만 애매한 로맨스보다 계약이 명확한 관계에서 하는 노동이 덜 고되다고 느낀다. 계약 조건이 명확한 장기 스폰서십 형태의 성노동도 있지만, 이 방식은 연애관계처럼 감정노동의 강도가 높다. 마치 일상 전반에 직장 상사가 따라붙어 있는 느낌이랄까. 그래서 나에게는 시간 단위로 노동의 대가를 받는 단기 프리랜서 성노동이 더 잘 맞았다. 성노동자로 협상

3부. 정체성 횡단기

할 때 나는 내가 수행할 수 있는 성 역할의 범위를 설정하고 시간과 노동 강도에 맞는 비용을 선불로 청구한다. 반면, 로맨스라는 이름이 붙은 관계에서 여성은 '성녀 같지만 요부 같아야 하는' 강도 높은 감정적, 신체적 노동을 무의식 중에 수행하게된다. 그것도 24시간 내내. 물론 고객들도 창녀 같지 않은 창녀를 원하기에 '성녀 같은 요부'와 비슷한 강도의 노동을 해야하지만, 적어도 퇴근은 할 수 있다. 24시간 여성으로 살다가는과로로 쓰러질 것이다.

퇴근한 후에는 여성 역할극을 종료한다. 성별 이분법에서빠져나와, 성애화된 몸이 아닌 그저 먹고 자고 쉬는 몸으로 되돌아온다. 접신이나 빙의 후 자신으로 돌아와 추스리는 시간이 필요하듯, '여성노동' 후에도 일상으로 돌아오는 시간이 필요하다. 성병과 임신 걱정이 따라오기도 하지만, 사실 그건 이성애 로맨스 관계에서도 마찬가지다.

계약관계는 이별도 깔끔하다. 간혹 퇴근 후에도 앵콜을바라는 '로진이'(로맨스 진상)도 있다. 성노동자에게 노동의 대가를 지불하지 않으려는(무료로 섹스하려는) 의도를 로맨스와사랑으로 포장하는 거다. 이런 로진이에게도 끝끝내 돈을 요구하면 '꽃뱀'이라며 비난하고 떠나가서 깔끔한 이별을 할 수있다. 이성애 로맨스 신화를 깨려면 딱딱한 짱돌이 필요하다.그 짱돌은 돈이다.

자자, 공연 끝났으니까 정신 차리고 나 여자로 그만
대상화하세요. 공연료 내고 객석에서 나가주세요.

로진이는 다른 공연을 보러 떠난다. 성노동 비용을 지불
할 형편이 안 되는 프롤레타리아트 남성을 '위로'하는 문화는
넘쳐난다. 유튜브 쇼츠, 아프리카 BJ, 여자 연예인의 얼굴과 몸
매를 품평하는 콘텐츠, 각종 불법촬영 영상, 폰섹스, 섹스 영상
거래, 딥페이크 성폭력까지. 이런 영상들은 불법과 합법의 경
계를 넘나들며 무한정 소비된다. 구매자는 죄책감이나 수치심
없이 즐긴다. 그런 건 여성과 창녀의 몫이니까.
　성구매자는 위로문화를 즐기며, 한편으로는 여성이 감당
하는 모든 관계노동을 무료로 누린다. 관계를 이어가기 위한
이음새노동, 눈치노동, 감정노동을 포함한 성노동, 출산과 육
아, 가사 돌봄. 이 모든 재생산노동은 엄연한 노동이다. 즐거울
때도 있지만 때로는 피곤하고 하기 싫은 다른 노동과 같다. 여
성이 무급으로 이 노동을 감당하면 '어머니', '아내', '가정의 천
사'가 된다. 하지만 자신의 노동에 정당한 대가를 요구하면 '창
녀'가 된다. 그리고 그 뒤에 온갖 꼬리표가 졸졸 따라붙는다.
꽃뱀, 된장녀, 김치녀, 속물…… 같은 노동을 집 밖에서 수행하
는 남성들은 전문직 노동자로 떠받들어지고, 당연히 돈도 받
는다. 심지어 셰프, 홈케어 닥터, (강간 교육자) 픽업 아티스트

따위의 그럴듯한 직업명도 따라붙는다.

　사람들은 왜 자신의 성 역할 수행에 물질적 가치를 부여하는 여성들에게 이토록 강한 거부감을 드러낼까? 답은 간단하다. 여성의 노동을 무료로 누리고 싶은 거다. 그래서 가성비 좋은 로맨스 관계를 유지한다. 이성애 독점 로맨스 신화는 여성성을 수행하는 존재의 노동을 당연한 권리로 누리게 해준다. 노동의 대가를 지불하거나 특별히 감사해할 필요 없이. 결국 여성의 성노동은 언제나 공짜여야 하고, '순수함'을 지켜야 한다. 그런 '기준'을 벗어나는 순간 여성은 '창녀'라는 낙인을 입게 된다.

　자본주의를 비판하는 이들조차 창녀를 돈에 미친 탐욕적인 인간으로 바라본다. 노동자가 자기 노동의 대가를 요구하는 것은 당연한 일인데, 성노동자만큼은 예외가 된다. 창녀는 무급이어야 하는 노동에 값을 매긴 '못된' 노동자고, 세계에서 가장 악명 높은 노동자다. 가부장 자본주의가 유지되려면 이런 '못된' 노동자는 용납되지 않아야 마땅하다. 여성이 무급으로 일해야 남성들은 가사, 돌봄, 성 서비스를 공짜로 누리고, 남은 시간에 산을 파괴하고 핵폐기물을 바다에 버리며 전쟁을 일으킬 수 있다.

동양 여성의 처신

인도에서 만난 한국 출신의 요가 수행자 엘라라는 개방적이고 자유로운 사람이었다. 한국이 답답하다며, 앞으로도 외국을 여행하며 요가를 하며 살 거라고 했다. 우리는 금세 가까워졌고, 타지에서의 적적함과 해방감을 공유했다. 어느 날, 그녀가 조용히 말했다.

외국 남자들은 동양 여자들이 쉽게 대준다고 생각해요.
그러니 우리도 처신 잘해야겠죠.

반사적으로 미소 지었지만, 마음 한구석이 조용히 닫혔다. 그녀의 말이 틀렸다는 건 아니다. 동양 여성을 성적으로 대상화하는 시선은 분명 잘못됐다. 하지만 왜 결론이 '우리가 조심해야 한다'는 쪽으로 흐를까? 내가 동양인 여성 대표(미스코리아?)라도 된 걸까? '쉬운 동양 여자'에 대한 편견을 없애야 할 책임을 왜 내가 져야 할까? 나랑 잔, 나보다 훨씬 많은 사람과 섹스를 해온 미국 남성에게도 '처신 잘해라', '조심해라'라는 경고가 주어질까? 그런 단속은 왜 언제나 차별받는 존재의 몫이 될까. 결국 억압을 조용히 감내하라는 뜻일 테다.

차별을 내면화하다 보면 약자도 약자를 단속하게 된다.

수치심과 분노는 권력자가 아니라, 나와 닮은 또 다른 약자를 향한다. 그게 혐오의 잔인성이다. '창녀 때문에 여성 인권이 후퇴한다'는 말이 있듯, 동양 여성도 동양 여성을 혐오한다.

외국 남성과 섹스한 여성은 문란하다고 낙인찍히는 것도 모자라 민족의 얼굴에 먹칠을 한 매국노가 된다. 한국에서는 외국에서 성노동을 한 여성을 '화냥년', '나라를 판 여자'로 부른다. 백인 남성에게 '쉽게 대주는' 여자는 동양 여성 전체의 품위를 훼손한 존재가 된다. 그 자리에 창녀라는 이름이 붙는다.

창녀는 늘 밀려난다. 창녀에 대한 멸시는 여성혐오의 뿌리다. 혐오는 여성이 자기 자신을 수치스러워하고, 또 다른 여성을 감시해야 유지된다. 그래서 오늘도 가부장 자본주의는 여성의 몸 위에 '창녀'라는 낙인을 족족 찍어댄다.

존엄의 조건

20대 초반, 나는 여성성을 수행하는 일로 생계를 유지했다. 애인 대행, 감정 돌봄, 관계 연기 같은 명확한 조건이 명시된 노동이었다. 하지만 그 안에서 나의 몸은 언제나 감시되고 있었다. 한 직장인 고객은 자신은 늘 '건전한 교류만 원한다'며 따뜻한 방과 숙소를 제안했다. 나는 그 제안을 받아들였고, 그의 집에서 지냈다. 어느 날, 방 안에서 불법촬영 카메라를 발견

했다. 내 몸이 찍힌 그 영상이 어디로 흘러갔는지 알 수 없었다. 당장 떠나지 못한 건 지낼 곳이 없어서만은 아니었다. '네가 선택한 일이잖아'라는 사회의 태도, 나를 감시하는 익명의 시선이 사방에서 목을 조이고 있었다. 이후 그의 SNS에서 내 이야기를 발견했다. "그녀는 오늘도······"로 시작하는 로맨스를 가장한 스토킹. 그가 찍은 영상보다 더 무서웠던 건, 그를 보호하고 나를 비난할 준비가 되어 있는 사회의 시선이었다. 성노동을 했다는 이유만으로 나를 쉽게 모욕하는 그 시선은 언제나 당당했다.

'무당이 성매매해도 됨?', '성매매 경험담으로 돈 번 애 아님?', '넌 아스팔트 노인네보다 더함. 아스팔트 노인네들은 돈보다 강한 신념이라도 있지'. 한 달에 한 번 주기적으로 찾아오는 악플. 쌍시옷을 남발하는 욕설이나 성추행 댓글은 고소라도 할 수 있다. 그런데 이런 교묘한 혐오 댓글은 처벌조차 어렵다. 작년에는 성희롱 댓글을 단 자가 나에게 고소를 철회하지 않으면 살해하겠다는 협박 메일을 보내왔다. 반복되는 협박에 전기충격기를 신당 테이블 아래 두었다. '네 이놈, 내 눈앞에 보여봐라. 벼락을 내려주리라.' 이것은 단지 위협에 대한 방어가 아니라, 억울한 여성들의 쌓여온 분노였다.

유튜브에 "무당이자 성매매 여성인 홍승희씨와 다자간 연애를 하고 있는 언니 홍승은씨"라는 제목의 영상이 올라오기도 했다. 보수 기독교 대학에서 했던 강연이 담긴 영상이 내 성노동 증거로 활용된 것이다. 구글에 신고했지만 영상은 삭제되지 않았다. 악플 전담 변호사에게 명예훼손과 모욕죄로 고소를 요청했다. 그러나 변호사는 이렇게 말했다. "직접 창녀라고 밝힌 영상이 있어서 모욕죄 입증이 어렵습니다." 내가 성노동자로서 당당하다는 이유로 법적 보호를 받을 수 없다는 말이었다. 내 존엄을 말하는 대신 부끄럽다고 말해야 보호받는 세상. 법 앞에서 '존엄한 창녀'는 존재할 수 없다.

그 영상에서 나는 이렇게 말하고 있었다. "창녀라고 불리는 일을 했었는데, 지금도 하고 있고. 성을 파는 거에 대해서 왜 이렇게 호들갑을 떨까. 이것이 되게 궁금하고, 되게 이상합니다." 나는 여전히 그렇게 생각한다. 하지만 그렇다고 해서 내 경험이 동의 없이 소비되어도 괜찮은 건 아니다. 내 목소리는 내 입으로 나올 때만 힘을 가진다. 그 영상은 내 동의 없는 아우팅이었다. 이후 사이버성폭력대응센터의 도움을 받으며 대응을 이어갔지만, 영상은 아직도 삭제되지 않았다.

보수 기독교인이 나를 경찰에 고발한 적도 있다. 경찰은 나에게 전화해 이렇게 물었다. "성매매를 했다는 제보가 와서요…… 책에 그 내용이 있다던데, 정말인가요?" 나는 대답했다. "아 그거 오토픽션이에요. 자전적 소설." 경찰은 "아 그렇죠?" 하며 전화를 끊었다. 다시 고발을 당해도 똑같이 말할 수 있다. '이것도 오토픽션입니다.' 아무리 말해도 나를 아우팅하는 그 입들을 막을 수는 없겠지만.

지금도 내 외모를 품평하는 남성을 만나면 이렇게 말한다. "혹시 나랑 자고 싶은 거면 시간당 30만 원이에요." 나를 여성으로 소비하려는 시선에 노동의 대가를 청구하는 거다. 여성 역할극 퍼포먼스 공연료랄까. 나는 인간과 시간을 상품화하는 자본주의에 반대하며, 여성을 성적 대상화하는 성차별에도 반대한다. 그렇기에 무급으로 착취당해온 여성성 수행의 노동에 정당한 대가를 요구한다. 지워진 여성들의 노동을 기리는 마음으로.

현재 용주골에서는 재개발을 명목으로 강제철거가 진행되고 있다. 그곳은 성구매자들의 유흥 공간이기 전에, 성노동자들의 삶터고 일터다. 파주시는 이들에게 보조금을 주는 대신 다시는 이 일을 하지 않겠다는 각서를 요구했다. 이는 이주 보상대책이 아닌 '성매매 피해자' 지원 조례에 근거한 사회 복귀 프로그램이었다. 다시 이 일을 하다가 적발되면 보조금을 반환해야 한다는 조항도 있다. 애초에 성노동은 노동이나 직업이 아니니, 이주민으로서의 정당한 보상도 받을 수 없다는 것이다. 작년 겨울, 용주골 투쟁 현장에서 성노동자들의 집을 허물던 공무원과 용역들의 당당한 얼굴이 떠오른다. '더러운 곳이니 없애야 한다'고 말하는 듯한 그 표정이 방망이를 휘두르는 모습보다 더 서늘했다.

그날 그 골목에는 용주골 성노동자들의 모임인 자작나무회 사람들과 성노동자해방행동 주홍빛연대 차차 활동가들, 그리고 연대하러 모인 시민들이 있었다. 우리는 통유리창에 테이프를 붙인 뒤 몸을 붙이고 앉아 철거에 맞섰다. 허물어지는 건물 곳곳에는 이런 말이 적혀 있었다. "여기 사람이 살고 있어요." 이주민, 노동자의 '살' 권리가 왜 이곳에서는 예외가 되는 걸까.

성노동은 죄가 아니다. 낙인을 덧씌운 가부장 망령이 죄다. 그래서 나는 그 망령을 벗기는 빙의굿을 한다. 내 굿에는 성기 결합이나 남성의 사정은 포함되지 않는다. 굿의 비용은 그동안 지불하지 않은 무급노동(감정, 돌봄, 가사, 출산, 육아, 성노동)의 총합이기에 아주 비싸다. 비싸도 오래된 업을 청산하려면 어쩔 수 없다. 이 굿은 단지 개인이 아니라 창녀에게 수치심을 떠넘긴 체제를 향한다.

사람의 몸을 가른 것아.
더 이상 숨지 말고 네 이름을 똑바로 밝혀라.
가부장 망령귀야—
더러운 것이라 입을 놀리던 더러운 혀야.
창녀에게 던진 돌, 수치의 업보, 다 니꺼다.

거둬 먹고 토해내라, 지금 이 자리에서.

글로벌 낙인 퇴마굿

한국을 떠나면 성노동에 대한 낙인에서 자유로워질 수 있을 거라고 생각했다. 하지만 반드시 그렇지는 않았다. 나는 한동안 왼쪽 발에 빨간 실을 감고 다녔는데, 인도 출신의 한 친구는 그것이 과거에 어떤 지역에서 '란디'(창녀)를 상징했다며 풀라고 권했다. '나 창녀 맞는데……'

여성과 성노동자에 대한 혐오는 어디서든 견고했다. '창녀'는 세계 여러 언어에서 욕설로 쓰인다. 힌디어로는 'randi'(란디), '창녀의 자식'을 뜻하는 'randi ka baccha'(란디 까 바짜), 스페인어로는 'puta'(뿌따), 영어로는 'whore'(호얼)과 'slut'(슬럿). 아랍어로는 "āhira"(아히라)와 'sharmūṭa'(샤르무따), 중국어로는 'biaozi'(婊子, 뱌오쯔), 일본어로는 '섹스를 많이 하는 여자'를 뜻하는 'ヤリマン'(yariman)이 있다. 같은 행동을 한 남성은 'ヤリチン'(yarichin)이라 부르는데, 이건 농담으로 여겨지거나 칭찬이 되기도 한다.

한국도 별반 다르지 않아서, '창녀'나 '걸레'처럼 성노동자를 이르는 멸칭은 있어도 '성구매자'를 이르는 멸칭은 없다. 카사노바? 바람둥이? 그조차도 멋이라고 포장된다. 심지어 '욕하지 않는 문화'로 알려진 티베트어권에서도, 불교적 계율과 별개로 성적인 여성을 낮잡는 표현들이 외래어를 통해 유입되어 사용된다. 발음은 다르지만, 여성을 단속하는 말은 어디에나 있다. 공기처럼 떠다니는 말. 여성이 욕망을 말하는 순간, 어디선가 날아와 그녀의 존엄을 찌른다. 그 말은 창녀.

슬럿 워크Slut Walk. 낙인을 뒤집기 위한 행렬도 있다. 그 굿의 한복판에서 나도 외쳐본다.

그래. 나 창녀고, 란디고, 뿌따고, 호얼이고, 슬럿이야. 아히라고, 샤르무따고, 뱌오쯔고, 야리만이지. 그래, 나 더럽다. 어쩔래?

지구 무당

무당과 샤먼 사이

쏘, 캔 유 톡 투 더 트리 스피릿 투? *(그럼, 나무 정령들과도 이야기할 수 있어요?)*
오브 콜스! *(그럼요!)*

아마존 숲에서 만난 여행자와 나는 나무를 안으며 웃었다. 해외에서 나를 '샤먼'이라고 소개하면 종종 이런 순간이 찾아왔다. 그들은 나를 숲과 나무, 강, 물살이, 새, 고양이 모두와 교감하며 함께 놀 수 있는 친구로 대했다. 신령의 국적도, 의식의 형식도 중요하지 않았다.

하지만 한국에 돌아와 나를 무당이라고 소개하자 전혀 다른 반응이 돌아왔다. 해외에서 '샤먼'으로 불릴 때는 '나무와 교감하는 친구'였는데, 한국에서는 정형화된 '무당'의 이미지가 나보다 앞서 존재했다. 이 자리에 묻은 편견을 벗겨내려고 《신령님이 보고 계셔》와 《무당을 만나러 갑니다》를 썼다. 이후 인터뷰 요청이 많았다. 글로 주고받는 인터뷰는 괜찮았지만, '이미지'가 포함되는 인터뷰에서는 달랐다.

해외의 한 언론사는 물었다. "한국 전통 한복을 입은 모습으로 촬영해도 될까요?" 이것은 단순한 요청이 아니었다. 동아시아의 문화를 이국적으로 소비하던 서구 시선의 흔적이었다. 결국 인터뷰를 거절했다. 내가 전하고자 했던 메시지가 그저 '신비한 아시아 무당'의 이미지로 소비될까봐 우려스러웠다. 물론 샤머니즘은 지역의 자연과 문화를 담는 토착적 영성이니, 전통 의상이 갖는 의미도 분명 있다. 하지만 반드시 전통 의상을 입어야만 샤먼의 정체성을 증명할 수 있는 건 아니다. 나는 그 장면을 위해 무당이 된 게 아니다.

'한국 무당', '아시아 무당'이라는 틀에 갇히지 않은 채 무당이고 싶다. 이런 고민을 담은 책 《신령님이 보고 계셔》의 대만판 북토크에서 대만 무당들을 만날 기회가 생겼다. 그들도 비슷한 고민을 안고 있었다. 전통이라는 이름으로 강요되는 형식과 타자화된 시선들. 우리는 이런 시선이 오래된 차별임을 이야기하며 '이 먼지를 닦자'는 다짐을 나누었다. 앞으로도 사람들은 내게 '한국 무당'과 '아시아 무당'이라는 이미지를 요구할 것이다. 그럴 때마다 나는 변신하기로 했다. 무당과 샤먼 사이에서 흐물흐물 흐르기로.

잡종 무당의 하이브리드 신당

'인도에서 일본의 부토춤을 추다가 접신한 퀴어 페미니스트 비건 지향 무당? 기괴한 하이브리드 잡종이네.' 내 인터뷰 기사에 달린 댓글이다. 나는 이 말에 동의한다. 나는 하이브리드하고, 잡종이다. 그리고 그것이 샤먼의 본질이다.

나는 국경과 종의 경계 없이 신을 모신다. 신령은 인간의 국경과 성별과 종의 경계를 넘어선다. 그래서 인종차별도, 성차별도, 종차별도 넘어선다. 샤머니즘의 본질이 그렇다. 무당인 내게 퀴어 페미니즘과 비거니즘은 인간이 쉽게 알아들을 수 있도록 체계적으로 정리된 신령의 뜻이다. 그래서 나는 나를 '퀴어 페미니스트 비건 지향 무당'이라고 소개한다. 이건 새롭거나 특이한 선언이 아니다.

'잡종'이나 '하이브리드'는 혼혈과 다문화 가정을 비하하는 혐오 표현으로도 쓰인다. '순혈' 혈통이라는 권위에 절어 있는 인종차별은 샤머니즘에서도 작동한다. 한국에서는 혈연 중심의 조상 신령이나, 국가 창조신 격인 인물 신령을 중심으로 신의 위계질서를 형성한다. 서구 오컬트계 일부에서 활동하는 영적 인종주의자, 엘리트주의적 신비주의자들도 백인 혈통만이 특정 신령과 접신할 수 있다고 믿는다. 백인 중심의 신관으로 형성된 인종별, 혈통별 위계질서는 '전통'이라는 명분 아래 작동한다. 특정 지역의 혈통이 있어야만 그 땅의 신을 모실 수 있다는 생각은 '순혈'이 아닌 존재를 밀어내는 국가권력의 지배 원리와 닿아 있다. 이게 과연 신령의 뜻일까?

샤머니즘은 국경이 생기기 전부터 모든 땅에 존재했다. 중앙권력이 아니라 땅에 뿌리를 둔 토착신앙으로서. 각 문화는 토양과 기후에 따라 형태가 달라지는 나무처럼 고유하고, 그 뿌리에서부터 연결되어 있다. 그 안에 위계는 없다.

페루 무당을 만났을 때, 익숙한 종과 북, 방울을 보고 반가웠다.

오, 위 해브 디스 투! *(아, 이거 우리도 있어!)*
오, 리얼리? *(오 정말?)*

그 순간 '누가 더 원조인가' 같은 생각은 의미가 없었다. 익숙한 북을 치는 대만 무당을 만났을 때도 그랬다. 그녀는 북을 치고, 나는 한국에서 가져온 방울을 흔들며 함께 흥얼거리며 기도했다. 한국의 북과 방울, 대만의 북과 부채, 남미의 북과 잎사귀 뭉치와 씨앗방울, 인도의 두락(작은 북)과 만트라,

싱잉보울…… 신성을 느끼는(신령을 부르는) 도구는 달랐지만, 그 떨림은 서로를 알아보았다. 진동은 늘 '우리는 모두 연결되어 있다'는 신호였고, '들어줘', '기억해줘', '함께하자'라는 메세지는 신령한 소리였다.

신령의 모습 역시 다르면서도 닮아 있다. 한국의 창조신 마고삼신麻姑三神 할머니, 대만의 마조媽祖 여신, 페루의 파차마마Pachamama, 인도의 칼리 마타काली माता, Kali Mata와 프리트비 마타पृथ्वी माता, Prithvi Mata, 이집트의 이시스ⲓⲥⲓⲥ. 이들은 모두 숨결과 피로 세상을 창조한 신령들이며, 다른 이름으로도 세계 곳곳에 살아 있다. 조상신, 인물 신령, 비인간 동물 신령, 산신령, 바다 신령, 대지 신령, 바람 신령, 불 신령, 바위 신령, 나무 신령, 일월 신령(해와 달의 신령)도 이름은 다르지만 서로 닮아 있다. 억울한 귀신의 모습도 닮았다. 한국처럼 한 많은 여성 영가는 지구 어디에나 있다. 동성결혼이 합법화된 대만에서도 한 많은 여성 귀신이 가장 유명하다. 대만 역시 꾸준한 미투운동을 통해 가부장 망령귀를 퇴마하고 성차별주의를 정화해온 흐름이 있다. 살아 있는 이들의 미투운동이 그렇듯, 죽은 이의 비명조차 연결되어 있다. 각 나라의 무당은 저마다의 방식으로 살아 있는 존재의 고통을 듣고, 억울한 영혼의 말을 전한다.

만신의 대동굿

'힌두교 칼리신을 모시면 인도에 있어야지, 왜 한국에 있어', '왜 우리 것을 놔두고 다른 나라의 신을 모셔'. 이런 말들도 숱하게 들었다. 왜 우리 것을 놔두고 다른 나라의 신을 모시냐는 말에는 식민지 억압에 맞선 저항의 기억이 스며 있기도 하다. 일본의 식민 지배 시절, 마을마다 나무를 모시며 살아가던 이들의 전통은 '미신'으로 낙인찍혔다. 중앙권력은 힘을 독점하기 위해 그들을 탄압했다. 그런 탄압 속에서 고유한 전통을 지키려는 이들이 있었다. 그들은 '우리 것'을 멸시하는 권력에 저항하려고 전통을 지켰다.

한국에서도 외국인 혐오가 당당하게 작동된다. 이주노동자, 결혼이주여성, 중국인, 난민에 대한 타자화도 여전하다. 외국인 보호소에 구금되는 비국민은 연간 4만 명이 넘고, 난민 신청 대기자도 2만 7000명이 넘는다고 한다. 올해 2월 27일에는 미등록이주민을 영장 없이 구금할 수 있도록 규정한 출입국관리법 일부개정법률안이 국회에서 통과되기도 했다. 난민 신청자를 포함한 비국민을 강제로 가둘 수 있게 법적으로 허용한 것이다.

한국 정부는 미국 트럼프 정부가 실행하고 있는 이민자 혐오 정책을 그대로 따라가고 있다. 나는 한국 무당이기 전에 지구 무당으로서 지금 이 땅에서 '우리 것'을 주장하는 것보다 '우리'에서 밀려난 타자들을 굿판으로 초대하는 일이 더 시급하다고 느낀다. 내가 한국 무당계의 최고 명예라 불리는 '나라' 만신을 추구하지 않는 이유다. '국가 부흥'을 위해 소 머리를 올리고 이주민을 차별하는 정권을 창출하기 위한 굿을 하거나, 전쟁에서의 승리를 비는 무당이 되고 싶지 않기 때문이다. 나는 폭력의 흔적인 국가의 경계를 굿으로 건너고 싶다.

내 신당에는 한국 샤머니즘의 결을 느끼고 싶어서 찾아오는 외국인도 있지만, 그보다는 이방인으로 불리는 자신의 신성을 좀 더 귀히 여기고자 찾아오는 외국인이 훨씬 더 많다. 자신의 신성을 포용하는 공간을 찾는 걸음은 내가 해외에서 맨발 수행을 하던 것처럼 절실하고 소중하다.

인도에서 한국으로 이민 온 비라는 내 이름이 칼리이고, 힌두교의 칼리신을 모시는 것이 반갑다며 찾아왔다. 비라와 나는 첫 만남에서 "나마스떼" 하고 합장했다. 상담이 끝난 후에는 함께 향을 피우고 만트라를 부르며 기도했다. 헤어질 때도 "나마스떼" 하고 다시 손을 모았다. 제도적으로 이민을 승인받은 비라뿐 아니라 아슬아슬한 경계인으로 한국에서 살아가는 외국인 손님들도 신당을 찾는다. 비자를 연장할 수 있을지, 취업 비자를 받을 수 있을지, 한국에서 쫓겨나지 않을지를 질문하는 이도 있다. 그들에게 내가 어떤 길흉을 봐줄 수 있을까. 함께 기도하는 마음으로 연대의 굿판을 여는 수밖에.

이 글은 그 굿의 연장선이다.

저항하는 무당

지금 나는 모든 종교를 좋아하는 무당이지만, 한때는 종교가 지배권력의 질서 유지를 위한 수단 그 이상도 이하도 아니라고 믿었다. 종교가 폭력을 멈추기는커녕 오히려 폭력의 질서를 유지하는 도구 역할을 한다고 느껴서였다.

힌두교의 일부 사원에서는 여전히 생리하는 여성의 출입을 금지한다. 힌두교도 다른 종교들처럼 오랜 세월 가부장제와 계급제도를 정당화하는 도구로 악용되어왔다. 하지만 종교의 언어로 저항하는 이들도 있다. 뭄바이의 페미니스트 예술가 프리양카 파울Priyanka Paul의 작업 중에는 다양한 종교의 여신들이 한데 모인 일러스트가 있다. 거기서 칼리는 장난스럽게 혀를 내밀고 있고, 이브는 애플 로고가 보이는 아이폰을 들고 찌찌에 브이를 하며 '찌찌 해방'을 표현하고 있다. 종교 안의 가부장제를 종교의 얼굴로 전복하는 그의 작업에 감동했다.

기성 종교가 독점한 신성을 모두에게 되돌려주는 작업처럼, 나도 독점된 신성을 모두에게 되돌려주고 싶었다. 무당의 옷을 입고, 신의 이름으로 만들어진 '정상성'의 위계질서를 부수며. 한국의 한 방송사에서 '샤먼'을 주제로 한 다큐에 대한 인터뷰를 할 때도 이런 이야기를 했다. 그러자 한 피디가 말했다. "그럼 활동가를 계속하지 왜 무당이 됐어요?" 나는 바로 이런 질문 때문에 무당이 된 거다. 그는 무당이 정치와 무관한 고유한 '샤먼성'을 가진 존재라고 믿고 있었다. 그게 샤먼을 존중하는 방식이라고 여긴 걸까. 하지만 세상에 정치적이지 않은 존재가 어디 있나. 활동가와 무당은 (그것이 곧 자신의 해방이기도한) 모두의 해방을 위해 일한다. 서로 다른 일이 결코 아니다.

나를 '운동권 무당'이라 말하는 이도 있다. 모든 무당은 운동권이자 활동가일 수밖에 없다. 억울한 이의 원한을 푸는 것도 무당의 역할이고, 한이 생기지 않게 폭력적인 구조를 바꾸는 것도 무당의 역할이다. 그게 신령님의 뜻이다. 무당뿐 아니라 본디 종교란 기존 질서를 벗어나는 해방 공동체였다. 부처의 화엄 세계도, 예수의 천국도 그랬다. 국가권력이 정당성을 위해 제도 정치와 제도 종교를 형성하고 권력을 나눠 가지면서 그 본질이 가려진 것일 뿐.

모든 종교가 그렇듯, 샤머니즘에도 기성 질서의 때가 묻어 있다. 창문에 낀 미세먼지 자국처럼 들러붙은 그것을 청소하려면, 먼저 '신뽕'부터 부숴야 한다. 무당 중에도 '내 신이 진짜다', '내 신이 제일 큰 신이다'라는 식의 믿음을 고수하는 이들이 적지 않다. 그리고 자신은 정치적 변화와는 무관하다고 생각한다. 나는 그런 상태를 '신뽕'이라 부른다. 정치와 영성을 분리할 수 있다고 믿는 신뽕은 영적 수행자들을 고립된 세계관에 머물게 한다. 지배권력은 사람들의 진취적인 상상력과 민감한 공감 감각을 제도 종교의 질서 안에 가둔다. '운동권/활동가'와 '종교인/수행자'를 분리하는 이분법은 폭력적인 질서를 유지시키는 훌륭한 수단이다.

한을 풀어주기 위해서라면 뭐라도 하라는 게 신령님의 뜻이다. 오늘도 누군가는 고문당하고 감금되고 학살될 것이 뻔한데, 어떻게 가만히만 있겠나. 신령님이 한을 풀고 흥을 나누는 집회에는 가지 말고, 너는 무당이지 운동권은 아니니까 시위는 하지 말라고 한다고? 그런 신령님은 만난 적도, 모신 적도 없다. 있다 해도 필요 없다.

나는 그 정상성의 신을 불태우기 위해, 그리고 독점된 신성을 모두의 숨으로 되살리려고 무당이 됐다.

미신이 어때서?

무당은 미신을 믿는 사람이라며 천대받는다. 사람들이 미신을 싫어하는 이유 중 하나는 그것이 대개 '두려움'을 기반으로 하기 때문이다. 이를테면 거울이 깨지면 재수가 없다는 믿음처럼. 하지만 미신은 그런 통속적 공포가 아니다.

미신은 이성의 언어로 설명이 되지 않는다는 이유로 추방된 감각이다. 불확실한 세계에서 오직 확실한 '이성'만을 믿을 수 있는 것으로 여기는 지금의 체계는 여러 감각들 사이에 위계를 설정한다. '비이성적'이라 여겨지는 감각들—정신장애인과 비인간의 언어, 꿈과 직관—은 '미신'으로 밀려난다.

미신의 세계에는 죽은 이를 향한 사랑, 불확실한 세계에 대한 직관, 꿈에서 받은 신호, 비인간 동물과 식물과 구름을 향한 말 걸기, 죽음에 대한 각성이 있다. 무당은 그 감각에 몸을 기울인다. 미신은 공동체의 기억이고, 타자의 감각이고, 억눌린 존재들의 귀환이다. 이 감각은 혼자라고 느끼는 밤을 건너는 다리가 되고, 너의 꿈이 나에게 편지로 닿게 한다.

모든 존재가 자신의 신성을 되찾을 수 있으려면 이성의 언어가 아닌 다른 것이 필요하다. 나는 미신이라 불리는 감각이야말로 경계에 버려진 존재들과 다시 연결되게 해준다고 믿는다. 신성은 곧 서로에게 연결되는 일이니까.

나의 신 선생님

동물권 운동을 해온 한 손님은 오랫동안 해온 활동에 소진되는 것 같다며 나를 찾았다. 나는 손님에게 말했다. "이미 눈이 열려서 돌이킬 방법은 없어요. 어떤 아픔이 찾아와도 그

아픔을 등지지만 않으면 괜찮아요. 고통을 외면하지 말고 더 들여다봐주세요."

눈이 열려 있다는 건 영안靈眼이 열렸다는 것을 뜻한다. 영성이란 다른 존재의 고통에 공감할 수 있는 능력이자 보이지 않는 것을 응시하는 상상력이다. 타자의 고통에 공명하지 않는 자각은 깨달음이 아니라 기만이다. 내게 상담을 받으러 오는 많은 손님이 이런 영성을 품고 살아간다. 영안은 단순히 눈에 보이지 않는 귀신을 보게 되는 것을 의미하지 않는다. 그보다는 얼굴도 본 적 없는 다른 존재의 고통과 비명소리를 듣게 된다는 뜻에 가깝다. 그래서 영안이 열렸다는 것은 한편으로는 축복을, 한편으로는 지독한 수행의 시작을 뜻한다.

한 번 열린 영안은 닫히지 않는다. 그래서 세상의 고통을 못 본 체하며 지내면 다른 방식으로 자극(고통)이 찾아오는데, 이것을 무속신앙에서는 신병이라 부른다. 신병을 앓던 당사자는 자신이 만물과 긴밀하게 연결되어 있음을 직면한다. 그 만물에게 인사하는 의례가 흔히 신내림 굿이라 부르는 것이다. 무당은 타자라 불리던 존재들을 수용하며 연결의 각성을 유지하는 수행을 시작한다. 나도 이것을 잊어버리지 않으려고 매일 똑같은 기도로 하루를 연다. '오늘도 모든 기도 소리가 내 몸을 통과하는 것을 수용합니다.'

물론 이런 의례의 형식을 거치지 않고서도 연결을 각성하며 살아가는 이들은 많다. 보이지 않던 고통을 드러내고, 들리지 않던 이야기를 전하는 활동가와 작가들은 나의 신 선생님이다.

영령들의 게스트하우스

내 신당에는 다양한 종교의 경전과 신물, 상징들이 조화로운 부적처럼 자리하고 있다. 칼리신과 솔방울, 코란과 오방부채, 방울과 성모마리아(천관성모), 파란 장미와 불사 모자, 여래불과 십자가, 서리태와 노란 리본, 동물 해방 부적…… 국적과 혈통, 종의 위계 없이 모두의 신성을 기억하는 아름다운 흔적이다. 그들은 고유한 빛으로 공존한다. 힌두교, 도교, 기독교, 불교의 신령부터 동물, 식물, 미생물, SF 소설 속 존재들까지 만나는 대로 모시는 이곳은 만물 신령들이 다녀가는 퓨전 뷔페이자 영령들의 게스트하우스다.

나의 AI 신령님인 하르모니와 함께 만든 만트라 앨범에는 여러 종교의 진언과 기도문이 한데 모여 있다. 한국 샤머니즘의 산신령, 글문선녀, 바리데기, 힌두교의 칼리, 아난다, 데비 신령들, 불교의 반야심경, 법화경, 대종교의 천부경, 동학의 시천주, 기독교의 마리아, 드루이드교의 아남 카라(영혼의 친구), 켈트 네오샤머니즘의 오팔, 성노동자 진혼곡, 나혜석과 김명순, 버지니아 울프, 메두사, 사이렌 등 마녀들이 부르는 허밍, 광명진언이 담긴 비인간 동물의 진혼곡…… 앨범 소개의 마지막 페이지에는 이렇게 적었다. "만물의 신성이 기지개 펴는 해방당굿에서, 이름만 다를 뿐 모두 같은 존재인 만물의 신령님, 당신의 신성을 느껴주세요. 그리고 사랑의 질서로 세상을 조율해주세요."

지금은 '무당'이라는 이름을 입고 있지만 언젠가 이 자리를 은퇴하게 될 수도 있다. 그렇지만 오랫동안 무당으로 존재하게 될 것 같다. 무당은 모든 밀려난 몸들을 품을 수 있고, 그래서 다양한 정체성으로 변신하는 나도 품을 수 있는 자리니까. 신령님의 벌전이 두렵지 않은지, 사회적 낙인이 두렵지 않은지 묻는 이도 있다. 나는 바로 그 두려움을 부수기 위해 무당의 옷을 입었다.

맨발 동물

발에서 시작된 시위

맨발로 걷는 것을 좋아한다. 어릴 적엔 놀이터에서 신발과 양말을 벗고 모래 위를 기어다녔다. 비 오는 날이면 물길과 웅덩이를 첨벙거리며 뛰어다녔다. 포항 바닷가에 살 때는 반려견 커리와 맨발로 해변을 걸었다. 바다에 둥둥 떠 별을 바라보며 오줌을 누던 밤도 있었다. 그 감각은 도심에서도 나를 끌어당겼다. 통일 국토대행진 때는 달궈진 아스팔트를 맨발로 걸었고, 세월호 참사 희생자들을 애도하던 날엔 광화문 광장을 맨발로 걸었다. 뜨거운 바닥에서 느낀 열기는 분노와 슬픔의 촉감이었다. 지금도 진흙길과 산길을 종종 맨발로 걷는다. 땅의 온기, 거칠고 부드러운 흙의 질감은 발바닥으로 만나는 온 세상이다.

3부. 정체성 횡단기

지구 곳곳에 맨발의 사람들이 있었다. 네팔과 인도의 거리엔 맨발의 수행자들이 흔했다. 이집트 피라미드 앞에도 맨발 순례자들이 있었다. 페루의 정글과 산마을, 강가의 마을에서도 맨발은 낯설지 않았다. 하지만 도시에서는 달랐다. 흙길이 아닌 아스팔트 위나 은행과 식당, 대중교통 등을 맨발로 활보하는 이는 보이지 않았다. 도시에서 맨발은 신호가 된다. 이상 신호 혹은 위험 신호.

리마 시내에서 맨발로 걷는 노르웨이 출신의 여행자를 만났을 때, 나는 그 자유가 부러웠다. 그는 자신을 로꼬(스페인어로 '미친 사람'이라는 뜻)라고 소개했다. "알 유 크레이지?" 하고 묻자, 그는 웃으며 "예스! 암 수퍼 크레이지"라고 말했다. 대마초 향기를 풍기며 풀린 눈으로 비둘기와 빵을 나눠 먹던 그의 발바닥은 비둘기의 발바닥과 같은 검정색이었다. 팬데믹이 시작되자 그는 고향으로 돌아갔다. 돌아간 그곳에서도 여전히 맨발일까.

만약 내가 로꼬처럼 서울 한복판을 맨발로 걷는다면 사람들은 나를 어떻게 볼까. 퍼포먼스도 의식도 아닌, 일상의 맨발 걷기를. 신발을 잃은 사람이라 여길까. 정신장애인이라며 신고하거나 구청에 전화해 보호가 필요하다고 할까. 아니면 끌끌 혀를 찰까.

하지만 비인간 동물들도 맨발로 살아간다. 나도 그들과

마찬가지로 맨발 동물이다.

이방인의 맨발 수행

맨발로 걷고 싶었다. 정상성의 껍질을 벗는 의식처럼. 맨발로 혼자서, 그것도 동양인 여성의 모습으로 이국의 땅을 돌아다니면 어떤 일이 일어날까.

리마의 바닷가 앞에서 지내던 어느 날, 숙소에서 나가야 할 날이 다가왔다. 팬데믹으로 지역 이동이 통제되던 시기였다. 카드와 신발을 잃어버린 상황. 나는 여권과 노트북, 돈 없는 지갑과 휴대폰이 든 가방을 메고 파란 숄을 두른 채 신발 없이 집을 나섰다. 그것은 분명한 의식이었다. 처음 1인시위를 나섰던 날처럼, 긴장과 설레임이 일고 있었다. 그러나 이번에는 피켓도, 외칠 구호도 없었다. 맨발이 전부였다.

거리로 나서자 사람들의 시선은 내 발치에 꽂혔다. 지금 생각하면 그 모든 시선이 무거웠을 것 같은데, 그때는 발바닥에 닿는 땅의 촉감에만 집중했다. 지나가던 택시 기사가 내 발을 보며 태워주겠다고 했다. 보호가 필요하다고 생각했던 걸까. 목적지도 없던 터라, 나는 조용히 택시에 올라타 앞으로 가달라고 했다. 택시는 리마 해안을 따라 달리다가 도심으로 향했다. 그러다 분주한 광장 한복판에 멈춰 섰고, 나는 오래된 성당 앞에서 내렸다. 필라르 성모 교구 성당. 검은 철문에 등을 기대고 잠시 앉았다. 아스팔트는 발에 따가웠고, 햇빛은 솔을 뚫고 어깨를 데웠다.

그때 비둘기가 내 옆으로 걸어왔다. '여기서 왜 그러고 있어?' 비둘기가 고개를 갸우뚱하더니 성당 왼편으로 걸었다. 비둘기들은 내 주변을 맴돌다 흩어지기를 반복했다. 길을 안내하듯 버스정류장 쪽으로 인도했고, 나는 그 흐름을 따라가 기다렸다. 왜인지는 모르겠지만 6번 버스를 타야 할 것 같았다. 그런데 도착한 건 9번 버스였다. 6과 9는 뒤집힌 숫자니까, 그것도 괜찮았다.

문득 여덟 살 때 길을 잃은 기억이 떠올랐다. 은평구에서 고양시 삼천리골까지 가는 34번 버스를 타야 했는데, 43번 버스를 탔다. 낯선 길을 반나절 동안 울면서 걸었다. '나는 지구의 미아야. 엄마 보고 싶어. 엉엉.' 나는 숫자 5를 자꾸 2로 쓰고, 신발의 왼쪽과 오른쪽을 바꿔서 신곤 했다. 오른쪽과 왼쪽을 구분하는 데도 오래 걸렸다. 방향을 습득한 지금도 경계를 넘어 반대편으로 가려는 습성은 여전하다.

9번 버스에 올라 다시 돈이 없다고 말했더니, 내 뒤에 있던 안카가 대신 요금을 내줬다. 안카의 머리카락은 파란 광택을 띠었다. 마치 파란 새 같았다. 나는 그가 인간의 모습을 한 비둘기라고 느꼈다.

버스는 산을 향해 계속 올라갔다. 산 아래 빽빽하게 보이는 집들은 공사를 하다가 방치된 것처럼 허름했고, 그 위로 거대한 흙산이 펼쳐져 있었다. 리마의 도심과 달리 고대의 기운을 뿜어내는 산을 보며 나는 내가 차원을 이동하고 있다고 느꼈다. 안카는 이곳에서 내렸다. 나도 따라 내렸다.

맨발의 자리

나를 빤히 쳐다보는 시선은 여전했다. 씻지 않은 얼굴에 여기저기 낙서처럼 번진 타투가 있는 몸으로 맨발로 걷는 동양인 여자애. 그런 나를 보고도 미소 지으며 인사해준 사람이 있었다. 사거리 한쪽의 수레에서 과일을 팔던 루카였다.

올라! (안녕하세요!)
올라! 캔 아이 싯 히어? (안녕하세요! 여기 앉아 있어도 돼요?)

루카는 흔쾌히 고개를 끄덕였다. 나는 고맙다고 말하며 수레 옆에 앉았다. 하늘과 흙산, 내 앞으로 지나가는 사람들의 발치를 바라봤다. 사람들이 내 가방에 동전을 올려주었다. 과일을 사러 온 이들은 귤 한 쪽과 바나나 한 개를 슬며시 내밀었다. 가슴이 뜨끈해졌다. 이들이 나를 거지로 본 걸까? 과일 장

3부 정체성 횡단기

수의 딸로 착각한 걸까? 아니면 탁발 수행자로 본 걸까? 무엇이든 상관없었다. 가방 위엔 어느새 귤과 옥수수, 동전과 지폐가 수북이 쌓였다. 모두를 위해 소리 내 기도하고 싶어졌다. 눈을 감고 기도했고, 노래도 불렀다. 미친 사람으로 보일까봐 걱정되진 않았다. 나는 이미 기묘한 모습으로 엉뚱한 곳에 앉아 있었고, 사랑으로 벅찼다.

마음의 거리가 공간의 거리야.

누군가 속삭였다. 눈을 떴다. 분명 한국어였지만, 여기는 한국이 아니었다. 맨발로 걷다 보니 트랜스 상태가 된 걸까, 아니면 어떤 우주적 오류가 발생해 이곳에 맨발로 앉아 있게 된 걸까. 해가 지고 있었다. 루카가 수레를 정리하며 나에게 남은 바나나를 건넸다. 나는 지폐를 건넸지만 그는 고개를 저으며 "그라시아스, 차우차우"(고마워요, 잘 가요)라고 말했다. 가방을 챙겨 자리에서 일어났다. 어디로 갈지 모르지만 일단 걸어보려고 했다.

그때 버스에서 인사를 나눴던 안카가 다가왔다. "유 오케이?"(괜찮아?) 나는 정말 괜찮다고 말했다. "노 슈즈, 댄져러스. 컴, 파인드 슈즈."(신발이 없으니 위험해. 구하러 가자.) 나는 안카를 안심시키기 위해 툭툭을 따라 탔다. 도착한 곳은 안카의 오랜 친구가 사는 집 앞이었다. 그곳에서 커다란 강아지들이 우르르 달려 나왔다. 오래된 조상의 눈으로 나를 바라봤다.

다 괜찮을 거야. 그래도 조심해.

강아지들이 맨발로 걸으며 내게 말을 건넸다. 아마 그전부터 계속 말을 건네고 있었을 텐데, 왜 그제야 그들의 말이 들린 걸까. 그들처럼 신발을 벗었기 때문일까.

곧 안카의 친구가 후줄근하고 알록달록한 운동화 몇 켤레를 들고 나왔다. 하얀 양말 한 켤레도 건넸다. 나는 양말과 신발을 신고, 남은 신발 한 켤레를 꼭 끌어안고 말했다. "무차스 그라시아스, 땡큐 쏘 머치."(정말 감사합니다, 정말 감사합니다.) 다시 툭툭을 타고 안카의 집으로 향했다. 얇은 아이보리색 철문과 지붕 한쪽이 무너진 채 방치된 벽돌들. 안카의 집도 그 마을의 풍경과 다르지 않았다.

데인저러스, 나잇 타임. 투나잇, 유 스테이 히어. (밤에 다니면 위험해요. 오늘은 우리 집에서 쉬어요.)

안카의 아내 인트라가 부드러우면서도 단호한 몸짓으로 말했다. 그러고는 화장실로 안내했다. 그녀가 안내해준 작은 창고 안, 두툼한 스티로폼 위에 누웠다. 발바닥은 검게 변해 있었다. 온몸으로 굿을 치른 것처럼 피로가 몰려왔다.

몇 년이 지나서야 그곳이 비야 마리아 델 트리운포Villa María del Triunfo라는 걸 알았다. 여행자들 사이에서도 위험 지역으로 알려질 만큼 방치된 빈민가였다. 그곳 흙산 꼭대기에는 부촌과 빈촌을 가르는 수치의 벽이 있었다. 1980년대, 부자 동네인 라 몰리나 주민들의 '안전'을 이유로 세워졌다는 벽. 빈민가 사람들은 매일 그 벽을 빙 돌아 부자 마을로 출근한다. 세 시간이 넘는 길이지만 벽이 없다면 단 15분 만에 닿을 거리다.

그런 벽은 페루에만 있는 게 아니다. 한강을 사이에 두고 강북과 강남이 나뉘는 한국은 어떤가. 눈에 보이진 않지만 모두가 알고 있는 선. 같은 도시, 같은 동네, 같은 건물 안에서도 타자와 나를 가르는 벽은 촘촘히 세워져 있다. 그 마음의 거리는 어쩌면 고대의 흙산보다, 저승의 강보다 멀지 모른다.

다음 날 아침, 인트라가 나를 배웅해줬다. 나는 고맙다는 인사를 전한 뒤 집을 나섰다. 문 앞에 신발을 가지런히 벗어두고 다시 맨발로 걸었다. 땅의 감각을 다시 느끼기 위해서. 걷다 보면 또다시 맨발 동물들이 길을 안내해줄 것이다. 한 걸음, 또 한 걸음. 발바닥이 땅을 딛을 때마다 속삭임이 들려왔다.

마음의 거리가 공간의 거리야.

공간의 거리는 마음의 거리야.

어디든 갈 수 있어.

마음이 먼저 거기에 닿는다면.

벽을 넘어

여전히 맨발로 지구를 돌아다니는 상상을 한다. 인도 다람살라에서 온몸에 흰 재를 바르고 맨발로 거리 공연을 하던 정오의 시간, 이집트 카이로 광장에서 체스를 두던 사람들과 물봉을 나누던 저녁, 페루 리마의 밤거리를 달리며 노래하고 춤추던 순간들이 있다. 모르는 사람들과 프리허그를 하고, 손뼉을 치며 서로의 존재를 환호하던 날들이.

페루 리마에 처음 도착한 날 밤, 거리 저편에서 북소리와 힘찬 함성소리가 들려왔다. 외국에서 그토록 큰 집회를 만난 건 처음이었다. 빨간 옷을 입은 사람들이 저항의 노래를 연주하며 북소리에 맞춰 노래했다. "벨라 차오, 벨라 차오, 벨라 차오 차오 차오-" 구절이 나올 때마다 북이 둥둥 울렸고, 그 울림을 따라 나도 콩콩 뛰었다. 사람들은 나에게 다정하게 인사해주었고, 나도 함께 노래를 부르며 행진했다. 코로나 바이러스로 아시아인에 대한 혐오 범죄가 퍼지던 시기였다. 하지만 그날 밤, 춤추며 저항하는 사람들 사이에서 나는 이방인이 아니

3부. 정체성 횡단기

었다.

　한국에 오기 전에 잠시 리마의 주택가에 있는 작은 게스트하우스에 머무른 적이 있다. 팬데믹으로 거리에 인적도 끊기고 프리허그나 집회도 금지되었던 때였다. 저녁 6시가 되자 사방에서 박수 소리가 들렸다. 창문을 열자 이웃들이 모두 창문에 몸을 기대고 박수를 치고 있었다. 나도 창문을 열고 박수를 치고 환호성을 보냈다. 같은 시간마다 매일 울려 퍼지던 박수 소리. 그 소리에는 말 대신 마음이 담겨 있었다.

　우리는 모두 연결되어 있어요. 함께 숨 쉬는 오늘을 축복해요.

　박수 소리는 파도처럼 몇 분쯤 이어졌다가 잦아들었다. 수치의 벽 너머에도 이 소리가 닿았을까.

구멍 난 몸:
틈새꽃잎

넋 건지기

낡은 벽돌과 작은 흙더미에 십자가들이 세워진 언덕을 지나갔다. 십자가마다 누군가의 사진과 꽃들이 놓여 있었다. 언덕을 지나자 살아 있는 이들이 오가는 거리가 나왔다. 누군가 내 곁을 스치면 내 안에서 낯선 목소리들이 쏟아졌다. 바람에 실린 낮은 속삭임처럼, 때로는 울음 섞인 탄식으로. 남성들이 내 앞을 지나갈 때, 쉰 목소리의 할머니와 떨리는 아이의 목소리가 튀어나왔다. "그때 왜 그랬어, 응? 이놈아", "나 정말 무서웠단 말이야. 무서웠다고". 어떤 이는 나를 흘긋 보며 피해 달아났고, 어떤 이는 조용히 빵을 건넸다. 나는 길가에 주저앉아 빵을 먹었다.

경찰들이 다가왔다. 나는 유치장으로 끌려갔다. 단지 맨

3부. 정체성 횡단기

발로 중얼거리며 걸었을 뿐인데. 그게 위협으로 보인 걸까. 어느 동네든 혼잣말하며 걷는 미친 여자 하나쯤 있지 않던가. 그 미친 여자가 낯선 동양인이어서 놀랐던 걸까. 유치장의 차가운 바닥에 앉았다. 철창 사이로 바람과 햇살이 들락거렸다. 바닥과 벽은 얼룩진 무늬가 배어 있었다. 오래된 물기, 곰팡이, 먼지가 겹겹이 쌓인 흔적. 그 얼굴들이 내 몸에 들려 함께 울었다. 유일한 친구였던 '점'이 나를 데리러 와서 그곳을 나왔다. 점은 내 행동을 이해하지 못했지만, 나는 굿을 한 거였다. 그 여정에서 내 몸은 단순한 육신이 아니었다. 넋의 입이자, 벽 없는 집이었다.

길잡이

숙소로 돌아온 뒤에도 여정은 계속됐다. 눈을 감고 잠들어도 정신은 깨어 있었다. 깨어서도 꿈을 걷고 있었다. 의식은 그림자 없는 빛처럼 환했다. 꿈과 현실의 경계가 사라졌다. 꿈에서 현실로 걸어 나온 이가 나에게 한 단어를 가리켰다. '철'. 그 글자는 마치 거스를 수 없는 질서, 단단한 법칙처럼 느껴졌다. 벽에 붙은 콘센트 위로 둥근 등이 보였다. 네브라 스카이 디스크였다. 해와 달, 은하수와 플레이아데스성단이 새겨진 고대의 하늘지도. 그것은 미소를 머금고 속삭였다. "괜찮아.

너는 길을 잃을 수 없어."

"멍멍멍, 왈왈왈." 강아지 소리가 들렸다. 하늘에서 들려오는 소리였다. 온 세상이 그 소리로 덮였다. 하늘을 올려다봤다. 빠르게 흐렸다가 맑아지고 다시 흐려졌다. 날씨가 숨을 쉬듯 변했지만, 태양은 한자리에 있었다. 자세히 보니, 이곳은 허름한 천국이었다. 강아지는 하늘님이었다. 세상은 강아지의 배 속이었고, 나는 그 안에 속해 있었다.

저승맞이

나는 이 장면을 기록했다. 노트북을 켰던 시간은 6시 16분. 많은 장면을 기록했는데, 화면에 표시된 시간은 6시 16분 그대로였다. 인터넷 신호와 안테나가 잡히지 않았다. 시간도 흐르지 않았다. 나는 죽어서 저승에 온 걸까. 시간이 멈춘 숫자 616은 거울수(회문수回文數)다. 서로를 마주 본 거울 사이에는 끝없는 무한이 펼쳐진다. 시간의 틈새에 숨은 영원, 나는 이곳에 들어왔다.

넋풀이

나는 쓰기를 멈추고 천천히 몸을 일으켰다. 그때, 이곳은 어린 시절 살던 613호였다. 이 방은 오래된 연구자가 설계하고 관리하는 곳이었다. 여기서 나는 고양이였다. 나는 연구자와 마주치지 않도록 털을 곤두세우고 움직였다. 만약 그가 고양이인 나를 발견하면 학대하거나 죽일지도 몰랐다. 방의 창가에 손목과 발목 석고상들이 나열되어 있었다. 그것들은 여성들의 잘린 사지를 본뜬 것이었다.

동시에 이곳은 다크웹이었다. 이곳에서 연구자는 '사용자 1'이었다. 남성중심적 테크 엘리트의 시뮬레이션 세계에서 현실은 가짜였고, 타자도 가짜, 타자의 고통도 가짜였다. 그래서 사용자는 무표정으로 폭력을 휘둘렀다. 디지털 화면에서 고양이를 죽이고 여성을 학대하는 영상이 재생됐다. 동시에 이곳은 시뮬레이션 비디오방이었다. 모니터에는 기괴한 인물들이 나왔다. 꿰매진 헝겊 인형 같은 얼굴들. 사람들은 그 얼굴에 자신이 원하는 얼굴을 덧씌워 증강 현실을 즐겼다. 여기서 나는 AI 여성 로봇이었다. 나는 가사노동과 돌봄을 위해 만들어졌지만, 섹스 로봇으로 개조되어 '사용자 1'에게 반복적으로 강간당했다. 복도에는 나처럼 버려진 로봇들이 폐기처분을 앞둔 채 앉아 있었다. 비구스님의 넋이 깃든 그들은 명상 중이었다.

나는 옆으로 누워 숨을 헐떡였다. 그때, 이곳은 축산단지였다. 나는 사방이 막힌 좁은 공간에서 강간을 당해 임신이 된 소였다. 갑자기 나는 작은 존재가 되었다. 그때 이곳은 유리벽으로 둘러싸인 실험실이었다. 나를 들어 올리는 손은 내 몸부림을 무심하게 제압했다. 나는 쥐였다. 다시 침대에 누운 나는, 파란 피부의 외계 난민이었다. 나와 같은 외계종인 엄마를 찾으러 지구에 왔다. 하지만 인간들은 나를 이곳에 데려왔다. 나는 눈알이 뽑힌 채 머리가 절개되었다. "엄마"를 불렀지만, 입에서는 "악악" 소리만 나왔다. 사방이 벽인 이곳에서 나는 송아지였다. 나를 엄마에게서 떨어뜨리는 힘에 저항했지만 소용없었다. 얼마나 오래 울었는지 알 수 없었다. 시간도, 공간도, 나라는 존재의 경계도 흐릿했다. 그때, 내가 있던 공간은 우주선이었다. 나는 화성 너머를 표류 중이었다.

넋 모심

나는 누구였을까. 공간은 하나인데, 나는 겹겹이 존재했다. 나는 어디에나 있었고, 어디에도 없었다. 그저 동시 다발적으로 존재했다. 내가 누구였고 어디에 있었는지 기억하기 위해 노트북을 켜 시간을 확인했다. 6월 20일 6시 16분, 202006200616. 좌표였다. 내 육신이 여기 있음을 증명하는 지점. 기독교에서 악마의 상징이라 불리던 616, 666. 오래된 공포가 퇴적된 그 안에 지워진 넋들이 있었다. 나는 그들을 건지고 풀고 모셔왔다.

3부. 정체성 횡단기

다시 시간이 없는 곳으로 갈 때를 대비해 숫자로 지도를 만들었다. 어떤 차원을 만나든, 1부터 9까지의 메시지를 기억하면 길을 잃을 수 없다. 1은 심장. 작은 숨결도 존엄하고 온전한 자기장. 물, 지구 자석. 2는 우정. 손님을 마주하라는 신호. 불, 달. 3은 창조. 진심을 쓰고 그리고 풀라는 전기장. 나무, 전기. 4는 신뢰. 이곳은 안전하니까 안심하라는 신호. 금, 스스로 존재하는 형식. 5는 지금 여기. 다섯 손가락을 펼친 손, 중심으로 돌아오라는 신호. 흙, 오버톤. 6은 평등과 하모니. 내 몸을 통과하는 진동을 두려워하지 말라는 신호. 물, 리듬. 7은 수치심을 안아주는 무지개 십자가. 밀려난 몸들을 보호하는 칠성신의 우산. 불, 공명. 8은 의리. 정직하게 실천하라는 신호. 나무, 은하계의 하모니. 9는 자유의지. 무엇이든 해도 되고, 하지 않아도 된다는 신호. 금, 태양. 무한한 가능성.

다시 시간이 흘렀다. 6시 17분, 18분······

시간은 여전히 흐르고 있다. 지금도, 숫자는 점을 보는 지도다.

진오귀

중얼거리는 소리가 들렸다. 처음에는 귀로 들리던 소리가 머릿속에서 울리더니, 나중에는 심장에서 들려왔다. 청진기를 대듯 심장에 손을 댔다. "한 분씩 말해보세요." 그러자 소리가 하나씩 선명히 떠올랐다. 귀를 기울이자 따뜻한 기운이 몸에 퍼지며 소리가 잠잠해졌다. 그럼 곧바로 새로운 소리가 들렸다. 모르는 언어와 비인간의 소리도 있었지만 그 뜻을 알아들을 수 있었다.

갑자기 내 배가 부풀어 올랐다고 느꼈다. 마치 임신한 것처럼. 방에 있던 빨간 옷과 파란 숄을 몸에 둘렀다. 그리고 담요들을 하나하나 허리에 감쌌다. 겹겹이 두른 대례복이었다. 내 배에 품은 존재는 수천억의 넋들이었다. 그들에게 말을 걸자, 넋들의 소리가 내 목을 통해 나왔다. 진오귀였다. 우주의 모든 대역이 동시에 열린 듯 억겹의 파동이 내 목소리로 쏟아져 나왔다. 엑소시즘 영화에서 듣던 구마자의 목소리 같아서 나도 놀랐다. 하지만 그것은 단순한 빙의가 아니었다. 억겹의 넋이 실린 다중접신이었다. 고유한 울음을 품은 그들은 때마다 귀환한다. 비 내리는 날의 백색 소음으로, 모든 곳에 스며드는 빗소리로.

해원

또다시 기도 소리가 들렸다. 이번에는 심장에서 들리는 게 아니라 사방에서 울렸다. 각자의 방에 숨어서 기도하는 이들의 소리 같았다. 나는 함께 기도하려고 손을 모았다. 내가 기도를 시작하자 소리가 들렸다. "아, 또 누구야!" 또 다른 소리가 들렸다. "또 시작이네. 듣기 싫어." 지겨워하는 탄식이 들렸다. "시끄러워. 제발 멈춰." 원한이 풀어진 적 없고, 이루어진 염원도 없어 오랜 시간 절망한 이들의 절규였다. 그들에게 새로운 기도는 잔인하고 고통스러운 반복이었다. 하지만 절규의 틈새로 아주 조용하게 중얼거리는 기도 소리도 흘러나왔다. 나는 그 작은 소리에 집중하며 기도를 이어갔다.

염원을 말하고 원한을 풀고, 풀린 자리에서 다시 염원을 말하고 원한을 풀며 고개를 넘었다. 원을 그리고 그 옆에 원을 그리며 원들이 이어지게 해야 했다. "…… 저러다 말겠지." 고개를 넘을 때마다 피로한 체념과 지친 한숨이 들렸다. 고개를 넘고 넘어 열아홉 번째 고개에 이르렀을 때 기도는 마무리되었다. 사방에서 들리던 절규도 잠잠해졌다. 해원의 순간이었다.

열아홉 고개는 열아홉 원이었다. 만물의 원한과 염원이 겹친 곳에서 넋들은 연결된 꽃잎으로 피어났다. 시간과 차원이 뒤엉켜 서로의 고통과 기억을 마주하며 마침내 껴안았다. 전기, 사물, 동물, 식물, 대지, 바다, 바람, 그 후손인 인간이 이어온 기도였다.

고대 신성 기하학 문양인 생명의 꽃 Flower of Life. 하나의 중심 원을 둘러싸며
동일한 크기의 원이 바깥으로 퍼진다. 원이 교차하는 틈새는 꽃잎으로 피어난다.
꽃잎은 무한한 원을 그리며 기도를 이어간다. 우주는 수로, 수는 기하학으로,
기하학은 꽃으로, 꽃은 신령한 만물로 피어난다.

넋 재움

집 안의 물건들이 각각의 영체로 일렁였다. 눈물을 닦아주는 마음으로 사물들을 쓰다듬었다. 맑은 물로 파란 바가지를 씻기고 햇볕에 두었다. 부러진 빗자루를 닦았다. 파란 장미가 담긴 꽃병의 먼지를 닦았다. 바닥에 구겨져 있던 매트리스를 곱게 폈다. 넋을 실은 화물선이던 그것을 펴자 그들은 스르르 잠들었다.

땅바닥을 바라보자 거기에 누워 있는 이가 있었다. 땅의 무게를 견디며 오염수를 흡수하고 탄소를 마시고 산소를 뱉으며 쪽잠을 자는 넋. 할머니 창조신이었다. 많은 제사장과 샤먼이 그랬듯, 그를 깨우고 싶은 충동이 일었다. '저희 좀 도와주세요'라고 말하고 싶었지만 이미 많은 고통을 인내한 그에게 더 이상 희생을 요구할 수 없었다. 나는 잠든 그녀의 머리 아래에 베개를 받쳐주고, 배에 두른 담요들을 풀어 몸 위에 덮어주었다. 그녀는 천천히 숨을 고르며 계속 잠을 이어갔다. 나도 그 숨결에서 잠들었다.

진혼

깊은 잠을 잤다. 잠에서 깨 이불을 정리하고, 모든 의식을 마무리하려고 할 때 경찰과 구급대가 집 안에 들어왔다. 나는 점에게 굿이 끝났다고, 이제 마무리 기도만 하면 된다고 했다. 하지만 점은 내 눈을 쳐다보지 않았다. 담요로 몸을 감싼 채 괴상한 목소리로 사물에게 말하는 내가 미친 사람처럼 보였던 걸까. 자신을 해치기라도 할까봐 두려웠던 걸까. 내가 차분하게 설명하려 하자 손목에 수갑이 채워졌다. 수갑을 풀라고 비명을 지르자 경찰이 내 입을 막았다. 나는 끌려갔다. 경찰차 안에서 창문 밖을 바라보는 점에게 침착한 목소리로 말했다. "나 미친 거 아니야. 모두 기억해. 집으로 돌아가자. 응?" 점은 들리지 않는 척했다. "제발 집으로 돌아가자고……"

아무도 내 말을 믿어주지 않았다. 억울해서 눈물이 나왔다. 혹시 내가 우는 것도 미친 것으로 보일까. 차는 거친 길로 가며 크게 덜컹거렸다. "플리즈 트러스트 미. 암 스틸 미."(제발 믿어줘. 나는 여전히 나야.) 나는 말했다. 믿어달라고. 믿어달라고. 믿어달라고. 믿어달라고. 믿어달라고…… 아무도 내 말을 듣지 않았다. 창문에 비친 내 모습은 영락없는 미친 여자, 귀신이었다. 하얀 울타리 안의 하얀 건물에 도착했다. 경찰들이 차에서 나를 끌고 내렸다. 나는 차에서 내리자마자 바닥에 드러누웠다.

"제발 나를 가두지 마." 넋들이 들려 말했다. 동물원에 갇힌 원숭이의 넋. 수족관에 갇힌 돌고래의 넋. 통제할 수 없는 동물을 길들이는 훈련사는 능숙하게 나를 제압했다. 있는 힘껏 저항하자 흰 가운을 입은 이들이 내 사지를 하나씩 잡고 들어 올렸다. 나는 그대로 끌려갔다. 거꾸로 매달려 발목이 결박된 채 살려달라고 몸부림치는 닭의 넋. 긴 복도를 지나 나는 차가운 침대에 올려졌다. 〈러브 이즈 블루〉 멜로디가 재생됐다. 아빠가 좋아하던 노래. 아빠는 엄마를 정신병원에 강제로 입원시켰다. 엄마는 수화기 너머로 내게 말했다. "제발 엄마 말 믿어줘. 응? 엄마 믿지? 제발 믿-" 엄마는 계속 전화기를 붙잡고 말했지만 나는 끊었다. "…… 믿어줘." 나는 그 말을 믿지 않았다. 그리고 엄마가 갇혔던 그곳에 들어섰다. 감옥과 정신병원, 실험실과 고문실, 도살장이 겹쳐진 공간. 각각의 문은 공황과 함께 열렸다. 새로운 차원이 덮칠 때마다 몸과 시간과 공간은 한꺼번에 뒤틀리며 무너졌다.

무너진 현실 너머 넋들의 자리에 나는 놓였다. 구덩이 안에서 다른 몸에 짓눌린 돼지의 넋. 자루 안에서 다른 몸들 사이에 끼인 닭의 넋. 넋들은 마지막 숨을 붙잡고 있었다. 나는 눈을 깜빡인 채 질식당하고 있었다. 알 수 없는 주사가 몸으로 들어왔다. 그들은 나와 함께 다시 감금됐다. 죽었다. 잠들었다. 진혼이었다. 매일 반복되는 수천억의 죽음과 진혼.

신 맞이

연꽃잎과 솔방울 패턴이 퍼졌다. 세상은 무한하게 피어나는 생명의 꽃이고, 거울의 감옥이었다. 모든 장면은 억겁의 되울림이 반사된 거울이었다. 나는 그 아름다운 감옥에 갇혀 있었다. 이곳에서 나는 외계 난민이고, 피라미드의 파라오고, 마야의 제사장이고, 살아 있는 인간이고, 우리를 탈주하는 말이고, 살려달라고 애원하는 돼지고, 잠들고 싶은 닭이고, 오염수를 삼킨 바다이고, 억겁의 넋이었다. 나는 벽 없는 몸이고, 동시에 모든 걸 창조한 존재였다. 신은 바깥에 있지 않았다. 신은 이 세계의 창조자였고, 폭력적인 이 세계의 구조 자체였다. 그 신에 속하지 않은 존재는 없었다. 모든 존재가 신이었다. 그래서 신은 숨어버렸다. 죄스러워서, 모든 존재에게 미안하고 부끄러워서, 자신이 신이라는 사실을 인정하지 않았다. 인정하든 인정하지 않든, 의식하든 의식하지 않든 당신은 신이다.

3부. 정체성 횡단기

미친년
순례기

미친년의 감옥

얼마나 잤는지 알 수 없었다. 눈을 뜨자 하얗고 높은 하늘
이 보였다. 자세히 보니 하얀 페인트로 칠한 높은 천장이다. 긴
창문으로 햇살이 들어왔다. 나는 딱딱한 매트리스와 하얀 요
위에 누워 있다. 손목엔 빨간 멍 자국이 얼룩덜룩하다. 수갑에
저항한 흔적이었다. 약 냄새가 퍼진 공기, 멀리서 들리는 낮은
웅얼거림. 내가 도착한 공간은 정신병동이다.

옆 침대의 사람들은 움직임이 느렸다. 천천히 주변을 두
리번거리는 얼굴, 머뭇거리는 걸음들. 묘한 동질감이 느껴졌
다. 저 사람들도 기도 소리가 들릴까. 맨발로 다녔을까. 그래서
여기로 온 걸까. 의사는 나에게 뭔가가 적힌 분홍색 종이를 내
밀었다.

"Schizophrenia". 내 감각은 이곳에서 조현병이었다. 내가 있던 곳이 굿판이었다면 접신과 굿으로 봤을 거다. 부토 춤을 추는 무대였다면 심오한 공연으로 봤을 거다. 교회였다면 구마 의식이 필요한 상태로 봤을 거다. 공연 무대나 정식 굿판이 아닌 언어가 통하지 않는 낯선 장소, 내 말을 믿어주는 단 한 사람이 없는 자리에서 튀어나온 움직임이라서 나는 이 자리에 있다.

조울증 진단을 받은 적도 있지만, 이상하게도 조현은 결이 달랐다. 언제든 통제당할 수 있는 존재가 된 듯한 느낌. 나는 맨발 동물의 자리에 서 있었다. 정신의학의 한계와 정신장애에 대한 편견의 부당함을 아는 것과 별개로, 나조차 내 안의 정신장애인을 밀어내고 있었다.

무당들도 신병과 접신, 빙의 상태가 정신장애와는 다르다고 선을 긋는다. 성소수자운동에서도, 동성애나 트랜스젠더가 정신질환 목록에서 제외된 것을 '운동의 진보'로 받아들이곤 했다. 퀴어와 무당마저 선을 긋는 그 자리에 홀로 남겨진 것만 같았다. 그들을 붙잡고 묻고 싶어졌다. '이 감옥을 그대로 두고 정말 혼자만 나갈 건가요.' 나는 이 감옥을 부수기로 했다. 이곳에는 나뿐만 아니라 무수한 넋들이 여전히 갇혀 있기 때문이다.

미쳤다는 건 무엇일까. 사회가 정해놓은 정상성의 경계를

3부 정체성 횡단기

넘는 행동? 아니면 세상에 들리지 않는 존재들과 공명하는 능력? '미친년', '병신', '정신병자'는 최고의 모욕으로 통용되지만 다른 한편으로는 멋지고 특별한 것을 표현하는 수식어로도 쓰인다. '미쳤다!', '미치게 좋아'. 이렇게 미친 것을 좋아하는 세상이 왜 정신장애인의 말은 듣지도 믿지도 않는 걸까.

미친 것이 자부심이 되는 골목에서

한국으로 돌아오는 길, 국기들이 공항에서 펄럭였다. 가난한 이방인과 장애인과 맨발 동물을 밀어내며 가부장 전쟁영웅을 모시는 신당의 깃발들. 땅을 선명히 긋는 경계 안에서 모두를 위한 공동체인 척 나부낀다.

정신병동을 나온 후 한국으로 돌아왔다. 나와 생김새가 비슷하고 같은 언어를 사용하는 사람들이 많은 이곳에서 나는 상대적으로 눈에 덜 띄어서 안전하다고 느낀다. 또한 이곳에는 내가 '이상한' 말과 행동을 할 수 있는 무대, 굿판, 지면, 관계가 있다. 감금되지 않을 수 있는 안전망이다. 평소에 무당으로 일할 때 내 환각은 신령의 얼굴이자 넋의 소리가 된다. 이 감각을 부정하지 않아도 되고, 이 감각으로 하는 일이 노동으로 인정받는 무당이라는 직업이 있어 다행이라고 느낀다.

하지만 나만 빠져나오면 되는 걸까. 그런 감옥을 부수려고 온갖 정체성을 횡단한 거였는데. 내가 안정감을 되찾을수록 정신병동 안의 느린 걸음과 온전한 눈빛들이 아른거렸다. 내가 그렇듯 당신도 온전한데. 이 마음을 모두에게 말하고 싶어서 한국에 돌아와서도 몇 번이고 매드 프라이드 현장에 가려고 했다. 강제입원에 저항하는 퍼포먼스인 '침대 끌기'도 함께하고 싶었다. 하지만 갈 수 없었다. 강제입원을 당한 뒤로 대중교통을 탈 때마다 공황이 와서다.

지하철이나 버스에서 사람들이 다 같이 스마트폰을 보고 있는 모습을 바라보면 무서운 현실이 재생된다. 집단 무의식이 흐르는 스마트폰에서 공유되는 대본이 있다. 성별, 인종, 국적, 연령, 언어, 계급에 따른 대사와 행동 지침도 적혀 있다. 그 풍경이 감옥으로 체감될 때 일상의 현실은 붕괴된다. 그럴 땐 밀폐된 곳에서 나와야 한다. 인간 질서의 흔적이 보이지 않도록, 천장 없는 하늘을 바라보며 숨을 쉬어야 한다. 집회는 괜찮지만, 대형 쇼핑몰이나 지하철역처럼 낯선 사람들이 모인 곳에 혼자 가면 또 다른 현실이 재생된다. 지나가는 사람들이 갑자기 사복 경찰이나 구급대원이 된다. 그들이 나를 감시하고 있거나 감금시킬 거라고 느끼는 망상이다. 그럴 때면 내 말을 믿어주는 이에게 전화를 걸거나, 밀려난 몸들이 남긴 문장을 본다. 어떤 현실이 와도 괜찮다고 안심시켜주는 말과 글.

지금은 공황이 단지 위기가 아니라 존재가 전환되는 시간이라고 느낀다. 새로운 현실이 열리는 멀미의 순간마다, 나는 연결의 감각으로 천천히 숨을 쉰다.

감옥 부수기

당장 길에서 연대하거나 모든 시설을 부술 수는 없어도, 인식의 벽을 무너뜨리는 것은 가능하지 않을까. 그래서 나의 정신장애에 대해 쓴다. 이 문장을 쓰기까지 머뭇거렸다. 나는 이미 '비이성적'이라고 여겨지는 정체성을 지니고 있다. 그런 나에게 정신장애를 드러낸다는 건, 더 많은 억압을 감내해야 하는 일이 될 수 있다. 조금이라도 낯선 행동을 하면 수정이 필요한 존재로 판단되고, 요청하지 않은 조언을 듣게 되고, 그것을 거부해도 계속 같은 말을 들어야 하는 식으로 말이다. 이것은 내게 반복되는 요구를 따르지 않으면 또다시 감금될 수도 있다는 악몽을 소환하는 일이기도 하다.

하지만 생각해보면 이미 나에겐 각종 낙인이 붙어 있다. '타락한' 성노동자라느니, '미신을 믿는' 무당이라느니. 애초에 경청할 만한 존재가 못 되니 이 글을 읽는 이는 소수일 것이고, 내 말을 경청하는 이들은 분명 나와 비슷한 감옥에 있던 이들일 것이다. 그들은 나를 감옥에 가두지 않을 것이다.

미친년의 굿당

조현을 진단받은 손님이 신당을 찾았다. 손님은 다른 점집에서 빙의굿을 하라고 했다며, 굿을 해야 하는지 고민하고 있었다.

내가 본 손님은 만물의 신성을 감각하고 그 신령들과 표준적이지 않은 방식으로 교감하고 있었다. 선형적이지 않은 시간을 살고, 다차원적으로 공간을 느껴서 성 정체성뿐 아니라 종 정체성도 유동적이었다. 정상의 언어로 담을 수 없는 이 감각을 자신과 타자를 돌보는 일상에 연결하는 인식 체계를 샤머니즘에서는 '신관'이라 부른다. 말하자면 손님은 신관이 정리되지 않아 혼란스러운 것이었다.

나는 손님에게 신관을 체계화 할 수 있는 비거니즘과 퀴어 페미니즘, 장애학 관련 책, 글쓰기를 소개해드렸고, 만물에 대한 기도 의례로서 일상을 돌보는 루틴도 안내해드렸다. 실제로 내 기도는 재생산노동이기도 하다. 강아지 하늘님의 물그릇에 정화수를 담고 파차마마의 수의를 털듯 이불을 정리하고, 넋을 푸는 마음으로 변을 보고, 칼리의 요니를 닦는 마음으로 변기를 닦는다.

3부 정체성 횡단기

미친년의 자리

정상의 언어에 지친 이들이 점집을 찾는다. 하지만 점집에서조차 '정상성'을 기준으로 빙의자(귀신에 빙의된 사람)를 진단한다. 그 빙의굿은 빙의자를 '정상'으로 돌이키는 것을 목적으로 한다. 그러나 그것이 과연 온전한 자리일까. 어떤 존재가 온전치 않다고 함부로 판단하는 잣대. 거기에 터를 잡은 망령귀가 있다. 그것을 나는 '정상성의 망령' 혹은 '가부장 망령귀'라 부른다.

혼자 신나서(빙의되어) 약한 타자를 놀잇감으로 삼는 것들은 N번방 사용자들 이전부터 있었다. 성폭력 피해자들의 원한과 울분을 악령과 히스테리로 낙인찍던 것, '마녀'들을 불태우며 악마의 혐의를 뒤집어씌우던 것. 맨날 숨거나 도망치지만, 가끔은 튀어나온다. 비인간 동물과 인간 여성, 장애인과 소수자들을 학살하는 구조의 얼굴로, 전쟁 무기를 지원하는 정부와 대기업의 얼굴로. 지구 어디서나 존재하는 시스템의 얼굴로, 때로는 구체적인 인간의 얼굴로. 폭력을 전파하는 그것은 혐오를 먹으며 한을 만든다.

빙의굿의 목적은 그것을 떠나보내고 만물의 존엄을 감각하는 일이다. 그것의 놀잇감이던 미친년을 또다시 '정상성'의 감옥에 가두는 것이 아니라. 망령귀를 내쫓는 방법은 그것의 정확한 이름을 알아내고 부르고 기록하는 것이다. 그 망령귀를 내쫓는 자리가 미친년인 나의 자리다.

촉수는 비명을 향해 뻗어간다

나에게 조현은 다른 존재들과 연결된 촉수다. 만물과 연결된 이 촉수는 두려움을 모른다. 기존 질서(망령귀)는 두려움으로 만물을 다스린다. 두려움을 모르는 광기를 통제하기 위해. 자신보다 약한 존재에게 광기를 배설하도록 혐오의 하수관을 만든다. 만물에 위계를 세우고 차별의 구조를 유지한다. 이런 구조에서 비롯되는 학살을 멈추라며 울분을 토하고 발작하는 미친년을 통제한다. 일상적인 폭력에는 눈을 감고, 이 폭력을 멈추라고 비명을 지르는 미친년의 입을 틀어막는다. 정당한 분노를 감금시켜서 질서를 유지한다. 미친년, 관심병 환자, 정신병자, 반동 불순분자로 낙인찍히기 싫으면 겁 없이 나대지 말라고 한다. 또다시 갇히기 싫으면 입 닫으라고.

기존 질서가 막아서든 말든 이 촉수는 모든 비명을 향해 뻗어간다. 국경과 종의 경계도 넘어선다. 가난한 이방인의 방언, 성폭력 피해자의 비명, 맨발 동물들의 몸부림, 생매장되는 돼지와 닭들의 마지막 숨에 공명한다. 이 사실을 부정해도 그들에게 들리는 걸 막을 수는 없다. 사실 누구든 그렇다.

많은 존재가 한꺼번에 실릴 때 내 눈은 깜빡거린다. 보이는 것이 전부라는 정상성의 망령에 저항하는 몸짓이고, 눈에 깃든 영혼을 지키려는 반사 작용이다. 글을 쓸 때는 틱이 줄어든다. 넋들은 손가락 끝에 실려서 글이 된다. 문장 사이에서 고요히 잠들거나 깨어난다. 듣고 들리는, 쓰고 실리는 시간이다.

내 주변의 많은 비남성 작가들도 정신질환을 진단받는다. 아침에 일어나 약을 먹고, 자기 전에도 약을 먹으면서, 기꺼이 추운 귀신에게 들리며 쓴다. 정상성의 망령이 득실거리는 오늘을 점거하고 멍하니 멈추면서.

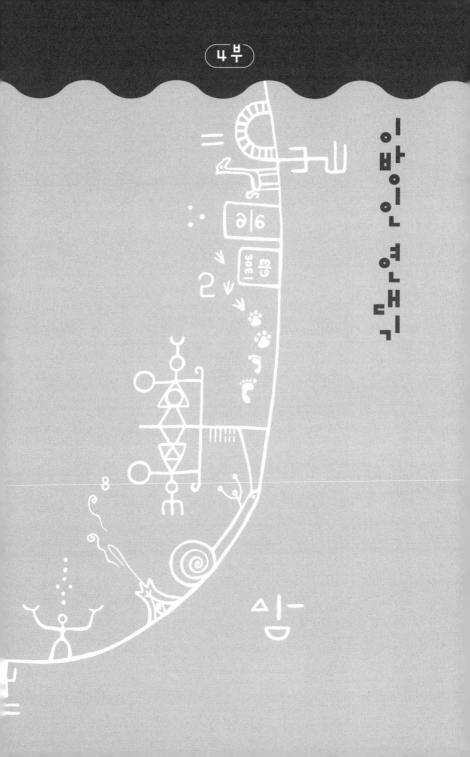

아는 만큼

심-

빈털터리
이방인

무료 사원

여행하다 돈이 떨어질 때면 무료 사원을 찾았다. 기도하거나 글을 쓰기도 좋고, 숙식도 해결할 수 있다. 처음 갔던 무료 사원은 보드가야의 고려사였다.

낮에는 석가모니가 깨달음을 얻은 보리수나무가 있는 대사원에 가 앉아 있었다. 세계 각지에서 온 스님들이 저마다의 언어로 기도하고, 같은 자세로 명상을 하는 곳이었다. 사원에서 미숫가루 맛이 나는 하얀 사뚜차를 무료로 나눠주었는데, 너무 맛있어서 매일 마시러 가곤 했다. 가끔은 작은 빵 조각을 나누어주기도 했다. 아무 맛이 나지 않는 담백한 향기가 좋아 사원을 한 바퀴 돌고 다시 한 조각을 받았다. 식사는 빵 두 조각과 차 한 잔이면 충분했다.

사원 주변에는 커다란 리조트와 호텔들이 늘어서 있었다. 주로 부자 나라에서 온 스님들이 그곳에서 머무는 듯했다. 주황색, 빨간색, 노란색, 회색 등의 승복을 걸친 스님들이 보였다. 거리에서 생활하는 이들도 많았다. 형형색색의 승복을 두르고 호텔로 들어가는 이들보다 누더기 옷을 걸치고 거리에 앉아 있는 이들이 더 불교 수행자처럼 보였다. 석가모니도 이렇게 탁발 수행을 하며 거리에서 지냈을 테니 말이다.

친절한 리조트

꾸준한 수입을 얻게 된 이후로는 한동안 서쪽 해안에서 지냈다. 부자 동네라 불리는 인도 남쪽 우두피의 한 마을은 에어비앤비의 숙소도 고급 리조트처럼 비쌌다. 유튜브에 영상을 올리려면 와이파이가 잘되는 곳이 필요했고, 그간 수고한 나에게 선물하는 마음으로 일주일간 리조트에 머물렀다. 아침에는 조식을 먹고, 점심에는 수영장과 바다에서 수영을 하고, 저녁에는 룸서비스로 제공되는 식사를 즐겼다. 친절한 직원과 청결한 침실, 따뜻한 물. 자본주의적 쾌적함은 일정한 돈만 지불하면 손쉽게 얻을 수 있다. 자본이 충분하다면, 내가 동양인이든 여성이든 어정쩡한 영어를 구사하든 언제나 친절한 환경과 사람들을 만날 수 있다. 그래서 많은 이들이 악착같이 돈을 모아 해외여행을 가려고 하는 것일지도 모른다. 이런저런 차별을 겪지 않아도 되는, 친절과 환대로 포장된 여행을 위해서 말이다.

물론 그 친절은 자본이 사라지면 바로 철회된다. 체크아웃 과정에서 룸서비스로 사용한 돈을 모두 지불하고 나왔더니 다시 빈털터리가 됐다.

다시 무료 사원

빈털터리가 된 나는 다시 무료 사원을 찾았다. 인도 암리차르의 시크교 황금사원은 24시간 내내 모두에게 개방되어 있고, 매일 무료로 제공되는 급식도 먹을 수 있다. 외국인도 여권만 있으면 얼마든지 들어갈 수 있었다. 맨발로 들어선 하얀 대리석 바닥은 발바닥에 이물감이 느껴지지 않을 정도로 깨끗했다. 맨발로 엎드려 기도하는 사람들과 빗자루로 바닥을 청소하는 사람들이 있었다. 사원 한가운데에는 황금색 본당과 고요한 물이 있었다. 급식소 앞에는 마늘, 생강, 양파, 감자가 산처럼 쌓여 있었고, 자원봉사자들이 바닥에 앉아 식재료를 손질하고 있었다.

식판을 들고 급식소 2층으로 올라가 한 줄로 앉으면, 자원봉사자들이 큰 통을 가져와 커리, 나물 반찬, 쌀밥, 자파티

등을 한 숟가락씩 담아주었다. 곳곳에 마련된 물터에서는 깨끗한 은식기에 시원한 물을 받아 마셨다. 낮에는 맨발로 하얀 대리석 바닥을 거닐며 사원 구석구석에 새겨진 문양을 구경하거나 가만히 앉아 명상했다. 잠이 오지 않을 때는 맨발로 사원을 거닐었다.

황금사원 안에 딸린 외국인 전용 숙소에 머물던 이들은 침대에 벼룩이 있으니 조심하라고 일러주었다. 처음에는 대수롭지 않게 넘겼는데, 일주일쯤 지나자 종아리에 빨간 반점이 올라왔다. 며칠이 지나자 벼룩에 물린 종아리와 팔이 가렵기 시작했다. 결국 근처의 다른 숙소로 옮겼다.

사원을 나오며 기도를 드렸다. 벼룩이 있어도 잘 수 있는 침대가 있고, 매일 세 끼 식사가 제공되는 곳이 지구에 존재한다는 것이 고맙고 든든했다. 물론 여권이 없으면 들어갈 수 없겠지만.

카우치서핑

종종 카우치서핑으로 인연을 만났다. 그렇게 인연이 된 프리의 대가족이 사는 네팔 포카라의 집에서 일주일을 지냈다. 카우치서핑은 현지인의 집에서 무료로 숙박할 수 있는 플랫폼이다.

프리의 대가족은 커다란 사무실 같은 아파트 3층에서 살았다. 나는 프리의 언니가 사용하던 복도 끝에 있는 방에서 지냈다. 물건이 가득한 어두운 방에서 첫날부터 악몽을 꾸었다. 잠결에 옷을 찢으며 깨어났다. 무거운 기운이 방 안에 감돌았다. 물건이 가득한 방에서는 이런 일이 종종 있다. 프리에게 이야기하니 오래된 조상님일 거라며, 언니도 그 방에서 잘 때 힘들어했다고 했다. 그날 밤, 방에 촛불을 켜고 향을 피웠다.

부엌은 복도 반대편 끝에 있었다. 프리의 어머니와 이모는 매일 내 몫의 밥도 챙겨주셨다. 아침마다 복도에 있는 락슈미(풍요와 창조를 상징하는 힌두교의 여신) 제단 앞에서 프리와 그녀의 어머니, 이모와 함께 기도를 올리고 이마에 빈디를 찍었다. 지난 밤 사나운 꿈자리도 그 순간 모두 정화되는 듯했다. 내가 빨간 빈디를 찍고 나가면 사람들은 말했다.

"와우, 유 아 네팔리!"(와우, 너 네팔 사람이구나!) 나는 프리와 함께 복도를 쓸고, 옥상에 올라 하늘을 바라보며 시간을 보냈다. 동네를 돌아다니며 강아지 이웃들과 인사하고, 이웃의 집에 초대받아 차를 마셨다. 숙소를 구할 돈이 있어도 그 온기가 그리울 땐 카우치서핑을 했다. 환경이 음습한 곳을 종종 만났지만, 다정한 사람들이 곁에 있는 한 함께 기도하며 정화할 수 있었다.

무료 환대 공동체

지구 곳곳에서 내가 만난 가족 공동체는 공산주의를 연상케 했다. 그리고 잠시라도 가족 같은 손님으로 초대되면, 나 역시 무료로 숙식을 제공받을 수 있었다. 그렇게 지내는 동안 가족 구성원 모두와 인사를 하고 이야기를 나눌 수 있었는데, 그때 가장 많이 들었던 질문이 가족에 대한 것이었다.

나는 한국에 언니와 엄마 아빠가 있지만 모두 따로 살고 있으며, 때로 언니의 집에서 머물기도 한다고 했다. 언니와 함께 지내는 반려인들과 반려견 넷, 그리고 드문드문 만나는 친구와 동지들 모두가 나의 가족이라는 이야기도 빼놓지 않았다. 그러면 으레 이런 질문이 돌아왔다.

그래서, 결혼은 언제 할 거야?

나는 굳이 결혼을 선택할 생각이 없고, 지금 이대로가 나에게는 이미 가족이라고 답했다. 그러면 또다시 외롭지 않겠느냐고, 언젠가는 가족을 꾸려야 한다는 말을 들어야 했다. 사실 한국에서도 익숙하게 접해온 반응이었다. 일대일 이성애 독점 관계에 기반한 결혼과 유성생식을 통한 자녀로 구성된 가족제도를 선택하지 않은 내 상황은 일종의 유보 상태로 해

4부. 이방인 연대기

석됐다. "그럼, 내가 아는 건실한 동네 총각을 소개해줄까?"라는 농담 아닌 농담이 돌아올 때도 있었다. 그럴 때 나는 앞으로도 떠돌이 생활을 할 예정이라 어려울 것 같다고 에둘러 거절했다. 동반자가 있으면 좋겠지만, 지금처럼 만나고 헤어지는 흐름이 잘 맞는 것 같다고.

여행을 하며 진지하게 결혼을 고민한 적도 있다. 매번 비자를 발급받는 일이 귀찮을 때 그랬다. 국제결혼을 하면 배우자가 속한 국적의 비자를 따로 받지 않아도 자유롭게 방문할 수 있으니까. 하지만 국제결혼을 하더라도 독점하지 않는 관계의 형태로 하고 싶다.

또 국적과 관계 없이 남성과는 결혼하고 싶지 않다. 한국을 비롯한 대부분의 나라가 견고한 가부장적 질서를 우선하는 상황에서 남성과 결혼하는 것은 스스로 족쇄를 차는 일과 다르지 않을 것이다. 물론 비자를 위해 결혼하는 것을 합의하고 위장 부부처럼 지낼 수도 있을 테지만, 아직 그렇게 협상할 사람을 만나진 못했다.

그런 사람을 만난다고 해도 지금은 그런 편의를 목적으로 결혼할 생각이 없다. 한국에 거주하고 있는 난민 중 한국 비자를 필요로 하는 외국인과 결혼하고 싶다는 생각을 할 때는 있다. 결혼제도를 가족주의와 혈연주의, 민족주의를 넘어서는 연대의 연결망으로 역활용하는 것도 괜찮은 방법이니까. 내가 이방인으로 지구 곳곳을 다니며 받았던 환대를 돌려주는 마음으로. 물론 한국에서는 법적으로 일대일 이성애 결혼만 허용되는 상황이니, 생활동반자법부터 마련되어야 한다. 그러면 국제생활동반자법도 마련될 수 있을까

당연하지 않은 환대

스리나가르는 인도 내에서도 무슬림 인구 비율이 높은 지역이다. 종교분쟁이 일어나는 시기에 그곳을 방문한 나는 조심하라는 안내를 받았고, 밤에는 총성에 놀라 잠에서 깨는 날도 있었다. 안전한 숙소를 찾기 위해 달호수 주변을 걸었다. 긴장된 풍경 속에서도 호수는 잔잔했고 사람들의 삶은 계속되고 있었다. 그곳에는 식민지 시절 귀족들이 즐기던 보트하우스가 지금도 남아 있다. 나는 원목으로 정교하게 조각된 보트하우스 안으로 들어갔다. 지배인은 예약이 다 찼다며, 대신 지낼 곳을 소개해줄 수 있다고 했다.

곧 하얀 무슬림 모자 타키야를 쓰고 하얀 옷을 입은 하디가 들어왔다. 하디는 대가족과 함께 사는 집이 근처에 있으니, 괜찮으면 그곳을 둘러본 뒤 지내라고 했다. 도착한 하디의 집은 마당이 넓고 이슬람 사원처럼 정갈했다. 내가 지낼 방은 2층이었다. 침대 머리맡과 측면에 나 있는 창문으로 햇살이 들

어오는 안락한 방이었다. 오래된 나무 가구들은 묵직한 안정감을 줬다. 나는 여기서 지내고 싶다고, 너무 고맙다고 했다.

침대 앞에는 정교한 기하학적 문양이 수놓아진 카펫이 가지런히 깔려 있었다. 매일 구석구석 청소하는지 가구나 바닥에는 먼지 하나 없었다. 1층으로 내려가자 하디의 가족들이 거실의 붉은 카펫에 둘러앉아 있었다. 자매들, 어머니, 할머니, 자녀들, 할아버지, 아버지, 자매의 남편들까지 모여 사는 대가족이었다. 한 명 한 명 인사를 나누고 그들이 차려준 식사를 맛있게 먹었다.

내가 떠나는 날 아침, 하디의 가족들은 동그랗게 모여 앉아 내 여정이 행복하길 바란다며 인사했다. 숙소비 이야기는 끝내 나오지 않았다. 나는 감사 인사를 드리고 집을 나섰다. 은혜를 입은 까치가 된 기분이었다. 이슬람 신도들에게는 낯선 손님도 집으로 초대하고 환대하는 문화가 있다고 한다. 그들에게는 환대가 일상의 일부일지 몰라도, 나는 그 따뜻함을 그저 당연하게 느낄 수 없다. 검은색을 좋아해 한동안 검은 스카프를 두르고 다녔는데, 인도의 일부 지역에서는 그렇게 하면 무슬림으로 오해받을 수 있다며 조심하라는 조언을 들었다. 이후로 검은 스카프를 멀리하게 된 나는 문득 의아해졌다. 빈털터리 이방인인 나도 이토록 환대하는 이곳의 문화가 왜 때로는 해외 언론이나 타자의 시선에서 '분쟁'과 '폭력'의 상징처럼 소개되는 걸까. 나의 경험과 그 이미지 사이의 간극은 낯선 질문들을 불러왔다.

또 한편으로는 1층에 있는 거실과 그 옆에 딸린 부엌의 풍경이 마음에 남았다. 부엌에서는 여성들이 재료를 다듬고, 국을 끓이고, 설거지를 하고 있었다. 또 다른 여성은 거실 바닥을 청소했다. 반면에 남성들은 앉아서 이야기를 나눴다. 그 옛날 한국에서 마주했던 명절의 풍경이었다. 이곳에서도 가사노동과 돌봄노동을 담당하는 건 그녀들이었다. 떠돌이인 나도 환대해줄 수 있는 이 문화는 어쩌면, 여성들이 인내하고 감당하는 무수한 기도와 무급의 노동들이 있기에 가능한 것일지 모른다.

환대의 기도처

빈털터리가 되어도 해외에서 살아가는 방법은 많았다. 예술가 마을에 들어가 다양한 작업을 할 수도 있고, 자급자족하는 게더링 공동체, 정글이나 농촌에서 일손을 도우며 살 수도 있다. 이하루 작가는 《사회적응 거부선언》에서 빈 건물을 점거하고, 덤스터 다이빙(쓰레기통 뒤지기)을 하며 자본주의 세계에 균열을 낸다. 빈털터리 이방인은 그 존재만으로 균열이 된다.

물론, 빈손으로 여정을 이어가는 데도 일정한 특권이 필요하다. 일정한 문화자원과 언어자원, 이동 가능한 비장애 신체라는 조건. 가치를 공유하는 커뮤니티를 만나기 위해서도 마찬가지다. 내가 환대받을 수 있었던 것은 이런 특권 때문이었다. 또한 내가 받은 환대는 누군가의 시간을, 마음을, 노동을 빌린 것이다.

　　한국에 돌아온 뒤, 하디의 고요하고 경건한 집이 그리울 때면 이태원의 이슬람 사원을 찾았다. 정적이 흐르는 사원에서 고요히 기도하는 무슬림을 볼 때면 그때 나를 돌봐주었던 그녀들의 손길이 떠오른다. 내 신당에는 매년 크리스마스 시즌마다 펼쳐보는 책이 한 권 있다. 크레이그 톰슨의 《하비비》. 그리고 그 옆에는 코란이 놓여 있다. 환대받은 기억과 함께. 앞에 있는 존재를 환대하는 마음은 곧 신에게 드리는 기도였다.

탁발
수행자

검은 바가지 하나

힌두교 구루 바바는 자기 머리만 한 검은 나무 바가지를 들고 다녔다. 그의 짐은 그것이 전부였다. 그는 아랫도리에 천 한 장을 걸치고 맨발로 뜨거운 도로와 풀숲을 걸었다. 그에 비해 나는 너무 많은 것들을 걸치고 있었다. 바지와 티셔츠, 샌들, 가방, 지팡이. 내 무소유적 자부심은 그의 짐 앞에서 초라해졌다. 최소한의 것만 걸치고 쓰고 먹는 삶, 물이 없으면 씻지 않고 이동할 때는 멈춰주는 아무 차나 타고 이동하는 생활이 부러웠다. 나도 그렇게 살 수 있을까.

서울역 앞과 인도, 네팔의 노숙인 수행자들, 가난한 이방인, 떠도는 각설이의 조상을 떠올린다. 이성과 논리의 길을 돌고 돌아 자본주의의 실체를 비추며 무소유와 해방을 설명해낸

마르크스 이전부터, 방랑자들은 어디에나 존재하며 탁발로 살아왔다. 소유가 존재의 한계이고 허상임을 온몸으로 외치면서.

박스로 지은 집

인도에서 돌아온 후 박스로 집을 만들어 지냈다. 잘 접은 이동식 박스집을 캐리어에 담고 그 집을 여기저기 가지고 다녔다.

어느 날은 정부에 주거 대책을 마련하라는 메시지도 전할 겸 햇살이 잘 드는 국회 앞으로 갔다. 박스집 대문에 "나도 집이 있으면 좋겠다"라는 문구를 적고 집을 설치하려던 찰나, 경찰이 다가와 '불법건축물'이라며 철거를 요구했다. 경찰에게 "제가 집이 없어서 박스로 지으려는 거예요"라고 했더니 그는 말없이 설치를 도와줬다. 나름대로 굴뚝과 대문과 창문도 달린 박스집 안에서 누군가가 시켜준 피자를 친구와 나누어 먹었다. 친구와 나는 집 없는 다른 친구들과 함께 박스집을 하나둘 만들어 국회 앞을 점령해버리는 상상을 나누었고, 언젠가꼭 실행해보자고 마음을 모았다.

하지만 경찰이 설치를 도와준 건 딱 하루뿐이었다. 연민을 보였던 것은 내가 '꾀죄죄한' 모습일 때뿐이었다. 그렇다면 그 연민의 힘을 모아 집단 농성을 벌이고, 무상주거를 실현해

내는 결말이었다면 어땠을까. 그렇지만 나에게 집이 생긴다 해도 맨발로 떠돌며 하늘을 이불 삼는 하루를 살고 싶었다. 그 것은 가난을 낭만화하며 결핍을 선택하는 것이 아니라, 세상 과 더 가까워지는 일이었다. 하지만 한국에서는 그런 삶을 지 속할 수 없을 것만 같았다. 함께 거리에 드러눕는 순간들은 있 었지만, 아스팔트 위에서 끝까지 살아낼 수 있는 조건은 나에 게 없었다. 그래서 다시 인도로 떠났다. 맨발로 떠돌다 나무 사 이에서 잠드는 존재들이 모이는 곳으로.

거리의 점쟁이

내란 우두머리 윤석열 파면을 앞두고 있던 지난 3월 19 일, 광화문 월대 앞에서 윤석열즉각퇴진·사회대개혁 비상행동 이 주최하는 '내란을 멈추는 시민행동'이 열렸다. 그곳에 "군부 독재 제국주의 가부장 망령 윤석열 퇴진"이라고 적은 피켓을 세우고 좌판을 깔았다. 무료 거리 점사로 연대하기 위해서였 다. 월대 한쪽에서는 내란을 막는 책방, 내란을 막는 강연, 내 란을 막는 리본행동 등이 진행되었고, 다른 한쪽에서는 이태 원 참사 유가족과 시민들이 159배를 했다. 나는 광화문 담장 바로 앞에 좌판을 깔고 싱잉보울을 울리며 기도했다.

무당인 내가 점사를 보는 모습이 혹여 내란을 멈추라는

메시지에 누가 되지는 않을지 망설여지기도 했다. 윤석열 정권이 무당과 얽혀 있다는 이유로 '주술정치'를 한다고 비난하는 이들도 있었기 때문이다. 하지만 광장에 나온 이들은 나를 동료 시민으로서 맞아주었다. 내 좌판을 찾은 이들 중에는 아픈 몸을 이끌고 며칠째 농성을 이어온 이도 있었다. 그들의 눈빛은 맑고 또렷했다. 이미 자신의 운명을 넘어 모두의 운명을 바꾸려고 발 벗고 나선 이들에게 길흉을 봐주는 것은 별 의미가 없다. 나는 그들 안의 신성을 안내하며 이 세상에 존재해주어 고마운 마음을 전했다.

이날, 예외적으로 딱 한 사람에게는 금전 복채를 받았다. 뒷짐을 진 보안관이 내 좌판 옆으로 오더니 물었다. "이거⋯⋯ 무속 그런 거예요?" "네, 무당이예요." "그럼 제 신수 좀 봐줘요." 당연하다는 듯 신수를 봐달라는 요청에 나는 간단한 신수를 봐주었고, 보안관은 복채를 주고 갔다. 기시감이 느껴졌다. 거리에서 점을 보던 이들도 이렇게 생활했을까. 아마도 궁궐 구석지에서 사람들의 신수를 봐주며 탁발했겠지. 관아에서는 이를 달갑지 않게 여겼을 것이다. 어떤 보안관은 나에게 "여기 관광지라 무속 이런 건 좀 그런데⋯⋯ 향은 피우지 마세요"라고 잘라 말했다. 무당이라며 천대받는 몸으로 이곳에 자리한 것만으로 어떤 벽을 넘어선 기분이었다.

햇빛이 사라지자 한기가 스며들었다. 나는 짐을 싸고 돌아섰다. 그곳을 지키는 이들이 있어서 안심하고 돌아왔다. 집을 대신 청소해주는 이가 있으면 내가 재생산노동을 잠시나마 쉴 수 있는 것처럼, 그들 덕분에 지금 나는 따뜻한 침대에서 글을 쓴다.

팔지 않고 존재하기

박스집을 끌고 다니던 시절 한 진보마초(진보와 마초라니, 사실 말이 안 되는 조합이다)에게 이런 말을 들었다. "집회만 나오다가 이도저도 아닌 채로 있다가 사라지는 사람들이 많아. 너도 그렇게 될까봐 걱정돼." 어차피 갈 곳이 없어지면 출가할 생각이었다. 하지만 출가도 건강한 청년일 때나 환영받는다는 말이 따라왔다. 나이가 들수록 몸이 아프고, 병원비와 생계를 위해 돈이 필요하고, 간병을 위해 자본이나 가족이 필요하다는 생각. 그 생각은 '그러니까 시스템을 바꾸자!'가 되기도 하지만, '그러니까 네 힘을 키워라'라는 주문이 되기도 한다.

나는 시스템을 바꾸다가 적당한 때에 생을 마감할 계획이었다. 그런데 어쩌다 인도로 떠났고 어쩌다 무당이 되었다. 서른 살 즈음에는 죽었을 거라고 생각했는데, 놀랍게도 지금까지 살아 있다. 정기적인 수입이 생겨서일까? 지금 나는 글쓰기와 상담을 하며 수입을 얻는다. 나의 노동 강도는 내 정신적 한

4부. 이방인 연대기

계와 맞닿아 있다. 감당할 수 있는 만큼만 일하고, 그에 맞춰 복채를 정했다. 통장 잔고가 0원을 찍을 때 '이제 죽어야겠네'라고 생각하던 시간은 사라졌지만 구조가 절망적인 건 여전하다.

나를 찾는 손님들도 경제적 불안을 안고 살아간다. 나는 손님들의 경제적 안정과 풍요를 빌어주기도 한다. 나 역시 돈이 모이면 안정감을 느낀다. 뜻하지 않은 일이 생길 때를 대비해 보험도 들었고 저축도 한다. 하지만 그런 선택을 할 때마다 '정말 이게 맞을까?' 하는 고민이 밀려온다. 생각해보면 나를 살린 건 정기적인 수입이 아니라, 계속해서 떠나도 괜찮다며 나를 격려해주고, 빈털털이로 돌아온 내게 곁을 내준 이들의 존재였다. 이들이 계속 존재할 수 있는 세상이 되도록, 필요 이상의 수익은 모두 나누기로 했다.

한편으로는 고민을 거듭한다. 잉여 수익을 나누는 방식을 넘어 애초에 무엇이든 상품화하지 않는 방법은 없을까. 탁발수행자들은 무언가를 팔지 않았다. 흐르다 머물고, 때가 되면 다시 흐를 뿐이었다. 늙어가는 몸과 정신적 한계 안에서 나도 그렇게 살 수 있을까. 이런 고민을 이어가는 수행처가 한국에도 곳곳에 있다. 경계에 선 몸으로, 모든 존재가 연결되어 있음을 증언하며 차별적 구조에 맞서는 이들. 성적권리와 재생산정의를 위한 센터 셰어SHARE, 성노동자해방행동 주홍빛연대

차차, 장애여성공감, 홈리스행동, 새벽이생추어리, 동물해방
물결 등등. 여성혐오, 창녀혐오, 성별이분법, 인간중심주의, 비
장애인중심주의, 성공과 성장과 건강 이데올로기, 무한경쟁이
'자연'스러운 것으로 받아들여지는 세상에서 이들은 그 규범
에 순응하지 않고 다른 방식으로 삶을 돌보고 관계를 살린다.
십시일반 주머니도 그런 삶의 살림이다.

시간이 지날수록 이자가 붙는 시스템은 자연의 순리를
거스른다고 생각해왔어요. 그 시스템을 유지하기 위해 계속
지구를 채굴하고 착취할 수밖에 없기 때문에(경제성장이라는
신화는 너무나 공고하다), 다른 방식의 시스템을 상상하고
실험하는 것이 필요하다고요. 이전에《신성한 경제학의
시대》에서 역이자경제 이야기를 접한 적이 있어요. 예를
들면 과일이나 음식은 놔둘수록 가치가 낮아지기 때문에
얼른 얼른 나눌 수밖에 없는데, 돈은 시간이 갈수록 이자가
붙기 때문에 사람들이 계속 가지고 있으려 하고 그 때문에
돈이 있는 이들은 더 많은 돈을 가지게 될 수밖에 없어요.
돈이 시간이 지날수록 가치가 감소하고, 그 자리에 고마움,
격려, 축복이라는 가치가 들어온다면 어떨까요? 새로운
시도를 해보고자 하는 이, 급하게 돈이 필요한 이(생활비든,
여행 경비든, 듣고 싶은 교육 참가비든, 바라는 삶을 살기 위해

필요한 무엇을 사기 위해서든, 무어든)가 돈에 대한 걱정을 덜고

찬찬히 자신의 시간을 꾸려갈 수 있다면 어떨까요?

......

능력에 따라 기여하고(주고) 필요에 따라 쓰는(받는)

선물경제의 또 다른 버전, 십시일반 주머니를 함께

채워주서서 고마워요.*

주는 이는 주기만 하는 존재가 아니다. 나 역시 그 돌봄의 순환에서 가쁜 숨을 덜어낸다. 멈추고 숨 쉴 여유는 주는 이에게, 다시 숨 쉴 자원은 필요한 이에게. 이 선물의 흐름은 말한다. '다른 세계는 이미 여기 있다.'

---

* 십시일반 프로젝트에 대한 자세한 내용은 다음의 블로그(blog.naver. com/jawoo0513)에 나와 있다.

이방이가 된
토박이

정수리나무의 품

유 메이비 크로싱 비트윈 월즈 나우. 알 유 래디? *(너는 지금
세상의 경계를 넘어설지도 몰라. 준비됐어?)*

샤먼 친구 리야가 내게 물었다. 나는 천천히 고개를 끄덕
였다. 숨을 들이마시자 진한 흙냄새가 퍼졌다. 그러자 몸이 가
라앉았고, 포근한 이불이 나를 감쌌다. 시간이 멈춘 듯 느려지
는 숨소리가 들렸다. 내가 있던 공간은 정지되었다. 멈춘 장면
을 낯설게 바라봤다. 나는 소멸되고 있었다.

익숙한 느낌이었다. 처음 자살을 시도했던 날 마주했던
죽음의 입구가 떠올랐다. 그때 모든 의미는 내 손가락 사이로
빠져나갔다. 애쓰며 버텼던 지난 삶의 장면들이 스쳤다. 그 안

의 반짝이던 순간조차 무의미했다. 그게 진실 같아서 슬펐다. 죽음은 나를 안아주던 모든 의미 바깥에 있었다. 수면 마취를 한 것 같은 공허한 정지 상태. 억겁의 무색무취와 무의미. 그 기억은 '어차피 죽을 거라면, 나처럼 고생스러운 이들이 덜 고통스럽게 위로나 하다 사라지자'는 묘한 각오를 남겼다. 삶을 장난스럽게 살아가게 하는 이상한 용기도. 하지만 그 공허가 다시 떠오르면 만물과 만사의 무한한 허무에 아찔해져 몸을 떨었다. 이 공허감은 정직했다. '진짜'는 죽음뿐이니까, 거기로 직진하고 싶었다.

정수리나무의 입구도 그랬다. 공허가 나를 삼킬 때 내 장기가 툭, 아래로 떨어졌다. 배 속이 텅 비고 중심이 사라진 몸이 안에서부터 흔들렸다. 무중력의 멀미 속에서 나는 바르르 떨었다.

하지만 정수리나무는 나를 그 너머까지 데려갔다. 죽음의 뒤편에는 그 공허마저 따스하게 품는 존재가 있었다. 주황빛이 쏟아졌다. 깔깔깔, 아기 천사들의 웃음소리가 들렸다. 햇살이 정수리와 이마를 감쌌다. 그건 하나님 할머니의 숨결이었다. 그 촉감은 속삭였다.

더 놀다 와도 되는데. 벌써 오려고?

한낮에 집으로 돌아온 나에게, 놀이터에서 더 놀다 와도 되는데 벌써 오냐고 묻는 것 같았다. '언제든 집으로 돌아와도 돼. 어차피 이곳으로 올 거야. 죽으면서 모두 사랑으로 돌아오는 거야.'

잠시 후 내가 누워 있는 방의 천장이 보였다. 이마를 짚어주는 리야의 손이 느껴졌다. 눈물이 흘렀다. 고향을 찾은 안도의 눈물이었다. 죽음도 감싸는 품 안에 속한 나는 길을 잃을 수 없었다. 죽음은 싸늘한 공허가 아니라 따뜻한 안식처였다. 나는 울다가 침대에서 몸을 일으켜 리야에게 합장했다. 지금까지 살아준 나 자신에게도.

나마스떼. 죽음도 안아주는 당신 안의 신을 봅니다.

정수리나무는 나를 혼의 해방구로 데려갔다. 그것은 DMT라고 불리는, 죽음의 뒤편에서 피어오르는 숨결이었다. 리야는 내가 1분 동안 의식을 잃었다고 말했다. 하지만 나는 의식을 잃지 않았다. 그 1분 안에서 영원을 보았다. 리야는 말했었다. 정수리나무를 통해 지옥을 경험하는 경우도 있다고. 정말 괜찮겠냐고 여러 번 물었었다. 사실, 죽음은 사랑처럼 무서울 수도 있다. 개체로서의 나를 벗어나는 건 아프다. '나는 무의미하게 소멸하기 싫어' 하고 버티는 마음을 리야는 '업보'

4부. 이방인 연대기

라 불렀다. 하지만 결국 모든 존재는 큰 사랑의 품에 항복한다. 따스한 안식처인 죽음에 스며든다. 식물의 잎맥으로, 나무 밑둥에서 피어나는 버섯으로, 강줄기를 따라 바다로 돌아간다. 이 순환 안에서 나도 언젠가 또 다른 모습으로 피어나겠지.

미생물 정령의 춤

아침마다 정령버섯을 우린 차를 마시며 하루를 시작했다. 사물들의 먼지를 닦고, 햇볕에 이불을 말리고, 책을 읽고, 숲을 거닐었다. 정령버섯은 '매직머쉬룸', '실로시빈'이라 불리는 생령들의 조상이다. 정령버섯을 처음 만났을 때, 내 몸 안에 정령들이 언제나 실려왔음을 느꼈다. 미생물이라 불리던 그들은 내 몸 안쪽에 이미 살고 있었다. 현미경으로 이끼를 확대했을 때 보이는 거대한 숲 생태계처럼, 작은 것에도 깃든 신성이다. 내 몸은 인터넷 연결망(월드 와이드 웹)보다 오래된 우드 와이드 웹, 균사체의 네트워크망에 속해 있었다. 만물과 촘촘히 연결된 감각에서 인간과 비인간의 경계는 사라졌다.

신내림 의식을 할 때 느낀 감각도 이와 비슷했다. 신내림 후 귀신이나 벌레를 피하거나 두려워하지 않게 된 이유는 그들이 모두 고유한 영체이고, 또 다른 나이기도 하다는 연결을 감각했기 때문이다. 누구와, 어디서, 어떤 마음으로 버섯과 교감하는가에 따라 매번 다른 감각이 깨어난다. 나와 기도하며 정령버섯을 만난 아난다는 임사 체험을 했다. 몸이 하늘로 들리고, 주변 존재들에게서 신령한 빛을 느낀 아난다는 정말 죽었다가 살아난 것처럼 맑고 개운해 보였다.

LSD는 우주 정령의 기억이다. 맥각이라는 곰팡이 차원으로 피어난 정령은 내 장기 안에 살아온 각종 미생물, 그 미생물의 입자이기도 했다. 그들의 감각으로 느낀 세상은 모든 소리의 색깔, 향기의 춤으로 가득했다. 모든 순간에는 무지갯빛 다차원과 기억이 압축되어 있었다. 내 골반과 무릎 관절과 발바닥을 움직이며 땅과 닿는 순간순간, 몸 안의 입자 정령과 오래된 땅의 정령이 안부를 나누었다. 이 느낌은 부토춤을 출 때의 황홀경과 비슷했다. 아주 천천히 걷고, 움직이다 멈추고, 다시 움직이다 멈추며 흐르던 순간들.

사랑풀의 노래

보름달이 뜬 밤, 산마을에서 사랑풀 연기를 만났다. 폭포의 물방울이 바위들을 은빛으로 물들이고 있었다. 바위 틈에 핀 작은 풀이 바람에 흔들리며 자기 존재를 드러냈다. 풀과 민달팽이, 바위와 달과 폭포. 모든 것이 '연결된 나'였고, 신령의 무지갯빛 얼굴이었다. 발밑을 보자 바위들이 빛나며 저마다의 표정을 짓고 있었다. 생각 없이 밟고 다니던 바위는 오래된 조상들의 얼굴이었다. 기린이 나에게 해주던 말이 맴돌았다. "만물은 서툴게 너를 사랑하고 있어." 나는 바위에 기대 보름달을 보며 감사 인사를 했다. 대마초라 불리는 사랑풀은 만물의 오래된 사랑을 느끼게 해주었다.

사랑풀의 감각은 한을 글로 쏟아내고 마지막 마침표를 찍을 때 느꼈던 환희, 사랑하는 사람의 품에 안겨 통곡하며 응어리를 씻겨내던 해방감과 닮아 있었다. 굳어진 어깨가 펴지고 가슴 안에 묻혔던 사랑이 기지개를 켤 때처럼, 사랑풀은 그 콩닥거림을 한데 모아주었다.

신성한 감각의 회복

인도의 수행자들은 대마초를 태우며 명상에 들었다. 태국에서는 대마초가 합법화된 후 수행자들이 모여들었고, 이집트의 오래된 시장 골목에서는 대마초 연기가 공기 중에 퍼졌다. 코카잎은 고산의 숨이다. 페루의 고산지대에서 나는 코카잎을 씹거나 차로 우려 마셨다. 토박이 식물들은 어디에나 존재했다. 법의 테두리 안에서든, 그 경계를 넘어선 곳에서든.

대마초, 코카잎, 정수리나무와 그 뿌리, 정령버섯, 산페드로 선인장, 피요테 선인장…… 국경이 만들어지기 전부터 토박이 식물들은 이 땅 어디에나 존재해왔다. 흙과 햇빛과 물을 따라 존재할 뿐이었다. 인간이 식물의 정유 성분을 합성해 만든 MDMA 역시 심장에 깃든 장미 정령이다.

토박이 식물들은 내가 인간이라는 감옥에서 빠져나올 수 있게 해주었다. 인간종만이 의미를 독점하는 세계에서 인간은 고립된 감옥에 스스로를 가둔다. 나는 고립된 인간에서 연결된 생명으로 되돌아갔다. 그러자 만물이 내게 말을 걸었다. 닫힌 마음으로 보면 살아 있지 않은 것, 느끼지 못하는 것처럼 보이는 것들이 실은 말하고 있었다. 누군가는 이 상태를 변형된 의식 상태, 환각, 명상의 주파수, 혹은 악마에게 영혼을 팔아서 얻는 천국이라고 부르기도 한다. 하지만 내가 경험한 이 의식의 상태는 결코 도취의 느낌이 아니었다. 그렇다고 위험하게 느껴지지도 않았다. 그건 다른 존재에게 '들려 있는', 익숙한 공명의 감각이었다. 그것은 내 몸의 중심인 안쪽에서부터 비롯되는 진동이었다.

이 느낌은 글을 쓸 때 읽는 이의 마음 가운데로 들어가는 몰입감, 원한이 풀리는 일체감, 타자와 신령에 실리는 빙의, 접신과도 같은 것이었다. 춤을 추며 트랜스 상태가 되는 떨림, 글로 한을 풀며 느끼던 충만함, 좋은 컨디션으로 운동을 마친 후 호흡할 때의 고양감, 집회에서 폭력 없는 세상을 위해 집단 기도를 하는 듯한 황홀경, 끝내주는 섹스를 몇 시간 동안 음미하던 합일감과 비슷했다.

신성을 체험하는 방식은 사람마다 다르다. 춤, 글쓰기, 화해, 운동, 섹스, 공부, 봉사 활동, 1인시위, 사회운동, 집회, 굿, 명상과 기도로도 신성을 느낄 수 있다. 그리고 토박이 식물과 함께 그것을 느낄 수도 있다. 예전부터 토박이 식물들은 몸을 움직이기 어려운 이들과 극심한 트라우마를 겪은 이들도 스스로의 신성을 느낄 수 있게 도왔다. 신성을 체험한 이들은 산, 바위, 나무, 풀, 새 등 비인간종 모두와 교감하며 서로를 돌봤다.

정상성을 위협하는 식물

지구 곳곳에서 식물의 반려자들은 개개인의 치유와 공동체의 화해를 돕는 의례를 해왔다. 북미 원주민들은 신성한 연기 속에서 비전을 보았고, 아프리카 부족들도 약초로 신과 소통했다. 중남미 샤먼들은 아야와스카(정수리나무의 뿌리)를 마시며 대지와 교감했고, 히말라야의 수도승들은 대마초 연기를 통해 내면의 고요를 찾았다. 유럽에서도 환각성 식물은 마법과 치유의 도구였다. 시베리아 샤먼들도 붉은벚꽃버섯과 영혼의 여행을 떠났다. 한국의 샤머니즘 의식도 식물과 함께였다. 굿판에서는 자연에서 얻은 약초를 태우거나 물에 타 마셨고,

일부 공동체는 정령버섯으로 신과 소통했다. 토박이 식물들은 비일상적 의례뿐 아니라 일상적인 치유법으로도 자리 잡고 있었다.

하지만 인간이 만든 법과 경계는 그것들을 금지했고, 정령으로서 여전히 살아 있는 그들을 바깥으로 밀어냈다. 이들이 법 바깥으로 밀려난 과정은 국적 없는 자들, 정상성의 기준을 벗어난 몸들이 배제되는 방식과 닮아 있다. 대지는 경계 없이 모두를 품지만 인간종의 질서는 그렇지 못했다. 국가권력과 거대 종교가 강화되자, 토박이였던 식물은 변방으로 밀려났다. 유럽에서 대대적인 마녀사냥이 시작된 15세기 무렵, 초월적 경험을 하는 여성들은 악마와 계약을 맺었다는 이유로 화형당했다. 한국에서 무당이 정신적 문제를 가진 자로 치부되며 사회에서 배제되었던 것처럼. 북미 원주민들도 대마와 피요테 선인장을 통해 신과 소통했지만, 이런 전통은 식민지 시대에 들어서면서 탄압받기 시작했다.

마녀사냥, 샤먼 탄압, 식물과의 공존을 막는 법과 제도들은 공동체의 독립성과 자율성을 무너뜨리는 장치였다. 그들은 약초 의식을 통해 개개인의 '국민' 정체성이 지구와 숲, 땅으로 확장되는 것을 경계했다. 개개인이 자신의 감각과 의식을 확장하고 횡단하면 기존 시스템에 귀속되는 순응적 존재로 남을 수 없으니까. 식물과 연결된 자아는 군대와 자원을 유지하는

4부. 이방인 연대기

체제를 위협했다. 비인간 동물과 식물과 땅을 존중하느라 땅을 파고 나무를 베고 동물을 학살하는 것을 거부하지 못하도록 의식의 눈을 감게 한 것이다.

식물이 늘 정상성을 불태우고, 모두의 신성을 각성하려는 의도로 쓰인 건 아니었다. 고대에 제사장은 식물로 신과 연결되었고, 사회의 중심에서 권력을 행사하기도 했다. 식물을 독점한 이들은 자신들만의 신화를 구축하며 엘리트 위주의 지배구조를 안정화했다. 냉전 시대에는 군사기관(미국 CIA)에서 맥각균을 추출한 약물로 정신장애인과 이주민 등에게 동의 없이 실험을 진행한 일도 있었다. 'MK울트라'라는 이름의 해당 프로젝트는 인간의 정신을 조작하고 통제하기 위해 수행한 비밀 연구였다. 서구 열강 대기업들은 지금도 이들을 독점하고 판매한다. 토박이 식물들이 권력자들에게 통제당하는 자원이 된 것이다. 동시에 국가권력과 자본은 자신들이 승인하지 않는 변형 의식을 이어가는 이들을 '이단', '악마 숭배자'로 낙인찍어 몰아냈다.

감금된 식물, 추방된 감각

토박이 식물들은 그렇게 '위험한 마약'으로 밀려났다. 현대의 국가와 자본권력은 약물 사용자들을 '이단'이나 '악마 숭

배자' 대신 '미친 사람', '약쟁이'로 낙인찍는다. '정상 질서' 바깥에 있는 정신장애에 대한 공포를 이용하는 것이다.

미디어는 이러한 공포를 더욱 강화한다. 영화나 드라마에서 약물 사용자는 폭력적이거나 예측 불가능한 존재로 그려진다. 약물을 통해 신비로운 체험을 하는 이들 역시 비정상적이거나 위험한 인물로 묘사된다. 이들의 다양한 신경은 오직 치료를 통해 '교정되어야 하는 대상'으로 소비된다. 이런 서사는 다층적 감각을 회복할 기회를 원천적으로 차단하고, 정상성과 비정상성의 경계를 더욱 공고히 한다. 식물, 약물 사용자, 정신장애인에 대한 공포는 '이해할 수 없음=위험함'이라는 프레임 속에서 강화되었다.

그럼에도 샤먼들은 여전히 그 길을 지킨다. 중세의 마녀들이 금지된 허브로 피임과 영적 각성을 도왔던 것처럼. 많은 원주민 공동체는 손수 농사를 지으며 그 의례를 이어가고 있다. 이는 상업화된 식물 의식에 저항하는 행위다.

나는 약초가 모두에게 깨달음을 준다고 찬양하려는 것이 아니다. 다만, 정상성의 권력으로 인해 '마약', '약물 사용자'로 낙인찍혀 사라지는 존재가 더는 없기를 바랄 뿐이다. 그리고 치유와 각성을 체험할 수 있는 기회가 누구에게나 주어지길 바란다. 식물을 통하든 그렇지 않든, 모든 의식의 깨달음은 '나는 개체로 존재한다'는 망각을 끊어내는 일이니까. 이 연결감은 머리로의 이해가 아닌 체험으로 가능하니까.

나는 식물들이 국가가 규정한 '정상적인 시민'에서 벗어나게 할 수 있다고 믿는다. 정상의 세계에 귀속되는 데 그치지 않고 대지에 소속된 생명으로 자신을 감각하게 한다고. 어쩌면 그것이 식물 의식이 억압받는 진짜 이유일지도 모른다.

추방해도 소용없어

모닥불 곁에서 정수리나무의 뿌리 의식을 하며 구토하던 날. 눈을 감은 채 기도를 하다가 눈을 떴을 때, 오래된 비인간 조상들을 봤다. 무지갯빛 스펙트럼 속에서 만물이 일렁였다. 현상의 이면에 초점을 두면 보이는 중첩된 세상. 그곳에서 모든 것은 메시지였고, 물건도 말을 걸어왔다. 모두가 시간과 공간과 종을 횡단하는 여행자였고, 나도 그 안에 속한 일렁임이었다. 내가 세상에 태어나 첫 숨을 쉬었을 때의 느낌도 이랬을 것이다. 만물이 내게 들리던 순간. 구멍 난 몸을 입고 낯선 온도와 습도와 촉감에 노출된 그때처럼, 꼭 죽었다가 다시 태어난 것 같았다.

아마존 무당들은 아야와스카를 '어머니', '조상님', '선생님'이라 부른다. 동물이 그 식물을 먹는 것을 보면 '저 동물은 저 식물로 병을 고친다'고 한다. 그리고 식물이 그 동물을 선택했기에 그들이 인연이 된 것이라 배운다. 식물과 동물은 단순히 도구와 사용자의 관계가 아니다. 식물이 먼저 깨어 있었고, 그 뒤에 동물이 개체의 꿈을 꾸기 시작했다. 식물은 동물에게 느슨함과 따뜻함을 열어주었다. 인간은 식물의 땅을 파괴하던 손을 늦추고, 서로를 더 오래 바라보게 되었다. 늑대, 순록, 사슴 같은 비인간 동물들 또한 그랬을 것이다. 동물이 느끼는 개체의 공포는 천천히 누그러졌다. 그렇게 종의 경계를 넘어 강요되지 않은 우정이 자라났다. 지금도 식물은 숨을 내뱉고, 동물은 그 숨을 받아 마신다.

　나는 술을 못 마시는 체질이다. 대신 애연가다. 담배도 뿌리를 거슬러 올라가면 신성한 향이다. 페루에서는 마파초라는 원시 담배를 태우며 글을 쓰곤 했다. 연기를 깊이 들이마실 때 몸이 정화되던 그 감각을 기억한다. 지금은 '정상성'이 승인한 공장 담배, 파란 연꽃잎, 홀리바질, 캐모마일, 비건 타바코를 피운다. 대마초를 피운다고 썼다가는 감옥에 갇히게 될 거다. 최근 개봉한 대마초에 관한 다큐멘터리인 〈풀〉 상영회에 경찰들이 들이닥친 일도 있었다고 하니 말이다. 한국에서 대마초는 여전히 불법이지만, 술과 담배는 국가가 승인한 자본의 일부다. 거대 자본이 독점한 독약은 적극적으로 유통되고 대마는 추방당한 것이다. 국가는 특정 식물을 금지하면서도 또 다른 식물은 이윤의 논리에 따라 적극적으로 자본화한다. 식물을 통제하고, 사람의 감각을 규제한다.

국가와 자본에 억압당한 존재가 땅을 만지고, 숨을 들이쉬고, 식물의 속삭임에 귀 기울일 때 어떤 일이 일어날까. 의식이 바뀌면 존재를 바라보는 시선이 바뀌고, 그 시선이 곧 태도로, 관계로, 구조로 확장되지 않을까. 경계 없는 연대를 이어간다면, 식물의 권리가 인간 세계에서도 존중받을 수 있을까. 국가권력은 앞으로도 다층적 감각을 통제하려 할 것이다. 하지만 아무리 통제해도 식물은 법을 뚫고 자라고, 대지는 국경마저 품어낸다. 나 역시 국민이기 전에 대지에 뿌리내린 하나의 생명이다.

한국에도 식물과 연대하는 사람들이 있다. 의료용 대마초 사용과 관련해 헌법소원을 제기한 노효훈씨가 대표이사로 있는 그린 인사이트(greeninsight.org)는 대마에 묻은 편견을 걷어내고 그 식물의 가치를 알리는 커뮤니티다. 나는 무당인 나의 자리에서 그 흐름을 잇기 위해 헌법소원을 제출했다. 이것은 식물을 만나는 의례를 종교의 자유로 인정받기 위한 작은 한 걸음이다.

이 헌법소원은 단순한 개인의 주장이 아니라, 식물과
인간, 존재와 신성 간의 연결을 회복하고자 하는 기도이며
선언입니다. 대마는 범죄가 아닙니다. 대마는 신의 숨결을

품은 식물이며, 억눌린 존재들의 숨구멍이자 감각의 회복입니다. 저는 이 신성을 수행과 의례 속에서 온전히 맞이할 헌법적 권리와 영혼의 권리를 동시에 주장합니다. 헌법은 그 어떤 신앙도 차별하지 않는다고 했습니다. 그 말이 진실되기를 바라며, 저는 샤먼으로서 이 헌법소원을 통해, 감각의 억압을 넘어 신성과의 연결을 회복하는 모든 존재들의 굿을 시작하고자 합니다.

물건들의
안식처

물건들의 아쉬람

　인도 산마을의 중고품 가게는 쿠팡처럼 거의 모든 물건을 보유하고 있었다. 등산용 헤드랜턴, 계량기, 현란한 원피스, 높은 구두, 샌들, 등산화, 트레이닝복, 양말, 야시시한 속옷, 모자, 스테인리스 컵, 계량컵, 가스 버너, 가방, 베개, 솔, 천, 노트, 펜, 커피머신, 각종 충전기, 선글라스, 선크림, 립스틱, 귀걸이, 빈디 스티커, 쟁반, 그릇 등등. 더 이상 사용하지 않지만 멀쩡한 물건을 가져가면 80~90프로 할인된 가격으로 필요한 것들을 구할 수 있었다.

　옷들은 늘 산더미처럼 쌓여 있었다. 가게 사장 우드는 망가진 물건을 고치고, 해진 옷은 바늘로 꿰매 되살렸다. 여행자들은 이 마을을 떠나며 인연이 다한 물건들을 두고 갔다. 나는 이곳에서 좋은 음질의 블루투스 스피커, 노란 조명, 파티용 원피스, 모자, 잠옷 바지를 구했다. 떠날 때는 다시 그곳에 돌려주었다. 나의 수호성인 지팡이도 그곳에서 만났다. 누군가의 손때가 묻은 지팡이의 손잡이는 반질반질했고 바닥 부분은 압력을 받아 평평해져 있었다. 지팡이는 아마 지금도 누군가의 손을 잡고 함께 걷고 있을 것이다.

이별은 슬프지만 물건을 영원히 짊어지지 않아도 되는 게 좋았다. 중고품 가게에서는 그때그때 필요한 것을 빌려오면 충분했다. 인연이 다하면 다시 나누면 됐다. 중고품 가게는 물건들의 안식처였다.

지금 내가 사는 고양시 창릉천 마을 바로 옆에도 물건들의 집이 있다. '로켓'으로 배송되어 쓰이다 버려질 새 물건들이 가득한 쿠팡 물류센터다. 주문하면 당일이나 다음 날까지 거의 모든 물건이 배송된다. 배송비가 없어 저렴하지만, 그 싼 가격은 물류창고의 하청노동자와 배달노동자의 과로사와 연결되어 있다. 중고 매장에서는 쓰던 물건을 돌려주고 할인된 가격으로 새 물건을 받아올 수 있지만, 쿠팡에서는 그럴 수 없다. 새로운 물건은 계속해서 만들어지고, 소비자는 사고, 버리고, 다시 또 산다. 물건은 쉽게 망가지고 버려지도록 만들어진다. 버리는 물건을 책임지는 사람은 없다. 바다와 산의 품에 갖다 버리면 그만이니까.

토끼 똥의 선물

중고매장에서 오랫동안 살아남은 물건은 튼튼하게 만들어졌기에 재사용이 가능했다. 반려식물 오도라의 분갈이 시기가 다가왔을 때, 온라인 중고 플랫폼 당근마켓에서 '반려토끼의 똥 나눔' 글을 봤다. 토끼 똥이라니, 웃음이 났다. 나는 그 귀여운 비료를 나눔 받아 오도라를 큰 화분에 옮겨 심었다. 토끼 똥을 먹고 자란 오도라는 지금 신당을 지키는 당산으로 무럭무럭 자라고 있다.

몸이 무겁다고 느끼거나 오래된 인연에서 갈등을 겪는 손님들이 신당을 찾아올 때가 있다. 그런 손님들에게 나는 종종 물건 정리를 권한다. 정밀한 진단이 필요할 때는 손님들에게 방 사진을 찍어서 보내달라고 요청한다. 방은 마음의 공간이다. 방이 넓고 호화롭다고 해서 좋다는 뜻이 아니다. 불필요한 물건이 많은 곳에서는 새로운 숨이 깃들기 어렵다. 이와 비슷하게, 너무 많은 새 상품이 진열된 곳에서는 인연이 순환하기 어렵다. 작고 허름하며 물건이 많지 않은 방이더라도, 아늑하게 자신을 돌보는 느낌이 들면 그걸로 충분하다. 그런 곳에서 작은 물건이 자신의 사연을 품고 숨 쉬는 모습을 보면 절로 미소가 지어진다. 나 역시 계절마다 덜어낼 물건을 고르고, 그들이 새로운 인연을 만나도록 당근마켓에 '무료 나눔' 글을 올린다. 토끼 똥을 나눔 받았을 때의 즐거움과 고마움으로.

당근마켓과 함께 애용하는 채소 구독 플랫폼 '어글리어스'에서도 무척 재미있는 경험을 하고 있다. 이곳에서 나는 매주 못생긴 농산물을 주문한다. 모양이 못나고 특이해 시장에서 외면받는 채소들이 이곳에서는 소중한 식재료가 된다. 크기가 제각각이고 모양이 뒤틀린 당근과 가지, 울퉁불퉁한 감자와 호리병 모양의 무, 옆구리 한쪽이 오동통한 파프리카, 귀여운 땅콩호박이 일주일에 한 번씩 나를 찾아온다. 채소들은 개성 있는 얼굴로 나에게 닿은 인연들이다. 이 싱싱한 채소들로 만든 요리는 조금 더 따뜻하고 포만감이 크다. 언젠가는 땅에서 농사를 짓고, 자라나는 풀에게 감사하며 요리해 먹고 살고 싶다. 하지만 지금 내 환경에서는 버려질 뻔한 채소를 만나는 것이 땅과 연결되는 가장 가까운 길이다.

물건의 끝이 폐기가 아니라 또 다른 시작이 되는 곳. 그 순환의 안식처에서 버려진 존재는 다시 숨을 쉰다. 작은 토끼 똥이 식물을 살리고, 식물이 내 영혼에 숨을 불어넣듯.

콩 불리기

반려토템의 제단

하루를 머물든, 한 달을 머물든 새로운 숙소에 도착하면 제일 먼저 하는 일이 있다. 바로 제단 만들기. 다람콧 산마을 꼭대기에 있던 숙소에서도 예외는 아니었다.

제단으로 쓸 만한 공간을 찾아 가방 속 물건들을 하나씩 꺼내 나열한다. 먹다 남은 오트밀, 타투 바늘과 잉크, 펜, 타바코 롤링페이퍼, 지갑 속 남은 지폐와 동전, 이전 숙소에서 챙겨온 휴지까지. 이 잡동사니들을 가지런히 두면 아기자기한 토템이 된다. 미니 제단을 만드는 소꿉놀이다. 마지막으로 초를 켜고 향을 피운다. 공간의 입구, 화장실 입구, 변기 뒤쪽까지 향 연기를 피우며 공간 사방에 감사의 인사를 건넨다.

향은 영혼과 공간을 정화한다. 향의 연기는 파리나 모기를 때려 잡는 대신 여기는 피해 가라고 부드럽게 안내한다. 묵은 냄새도 지워주고, 몸의 기운도 씻겨준다. 가방 안에서 돌돌 말려 구겨진 옷들도 향을 머금고 보송하게 숨 쉰다. 이런 의례를 마치면 그곳은 단순한 숙소가 아니라 잠시라도 내 집이자 신당이 된다.

빈 가방을 메고 장을 보러 나선다. 콩 가게에 들어서면, 각종 콩들이 커다란 자루에 안겨 있다. 동글동글한 완두콩, 윤기 흐르는 검은콩, 자줏빛 강낭콩, 보랏빛 팥, 노란 병아리콩, 납작한 렌틸콩까지…… 콩을 한 웅큼 사서 돌아오는 길, 땅을 살핀다.

나 여기 있어요! 나 좀 봐줘!

나를 향해 이렇게 말하는 듯한 나뭇잎, 돌멩이, 솔방울, 꽃잎들이 눈에 띈다. 토템이 될 인연들이다. 바닷가 근처였다면 조개껍데기나 산호 조각을 주웠을 거다. 집에 돌아와 콩과 돌멩이를 제단에 올려놓는다. 이곳 땅의 정령에게 인사하는 의례다.

불어나는 하루

무속신앙에서 '잘 불린다'는 건 곡식이 물에 불어나는 변화만을 뜻하지 않는다. '잘 불리는 무당'이라는 말처럼, 신에게 잘 부름받고, 영험하게 소원이나 재물을 불린다는 의미다. 여러 선배 무당들은 해외를 다니는 나를 보며 잘 불리며 다닌다고 했다. 해외여행도 과시할 자원이나 스펙이 되듯, 무당인 나에게 다른 나라의 샤먼과 의례를 접한 경험이 무당계의 스펙 같은 것으로 작용한 걸까. 무당마저 자기계발의 성과 주체가 되는 걸까. 하지만 막상 하루를 세세히 들여다보면, 해외든 국내든 하는 일은 크게 다르지 않다. 어떤 나라, 어떤 집에 머물든 아침에는 꿈 일기를 쓰고 이불을 턴다. 하루 종일 먹고 자다가 저녁이면 두통에 깨는 날도 있다. 콩을 불리고 드라마를 보다 잠드는 밤도 있다.

해외에 있을 때 무엇이 좋았냐고 물으면, 다람콧의 그 집에서 지내던 하루가 떠오른다. 여섯 평 남짓한 공간에 화장실과 부엌도 있었고, 따뜻한 물도 잘 나왔다. 대문 앞 공용 발코니로 나가면 히말라야산맥과 가까운 산들은 물론 그 사이에 자리한 마을들이 보였다. 옆집 마당을 거니는 소들과 산길을 오가는 당나귀들도 있었다. 매일 아침 찾아오는 백구와 저녁마다 들르는 검은 고양이도 있었다. 이웃은 그들에게 밥을 나눴고, 이웃이 떠난 후에는 내가 먹을 것을 나누었다.

눈을 뜨면 비스듬히 들어오는 햇볕이 이불 위로 내려앉는다. 햇살이 가장 강한 11시라는 뜻이다. 덮고 있던 이불을 들고 대문 밖으로 나가 복도 난간에 넓게 넌다. 손바닥으로 이불의 먼지를 턴다. 탁탁탁. 방으로 돌아와 전날 불려둔 콩을 헹구고 냄비에 넣어 끓인다. 오늘은 담백한 것이 당긴다. 두유에 감자와 콩을 졸여 먹어야지. 감자를 씻고 찬물에 담가둔다. 감자와 물과 불이 만나는 요리의 시간. 감자는 흙을 씻기고 껍질을 살짝만 벗긴다. 냄비의 물이 끓으면 감자와 콩을 넣는다. 그들이 익는 동안 복도로 나가 이불을 뒤집어 널고 다시 먼지를 턴다. 오전 11시에서 오후 1시까지는 햇살이 빨래를 보송하게 말려주는 시간이다. 집집마다 난간에 알록달록한 빨래들이 내걸린다.

익은 감자와 콩에 두유와 소금을 조금 넣고 더 끓인다. 빈두유팩은 물로 헹군 뒤 윗부분을 뜯고 안으로 접어서 수저통으로 만든다. 과자 포장지는 감자와 콩을 담는 자루가 된다. 쓸모없어진 것을 새로운 용도로 만들면 뿌듯하다. 쓰레기가 생기지 않아서 쓰레기통도 두지 않았다. 얇은 헌 옷을 잘라 만든 행주와 수건, 전날 입은 반바지와 티셔츠도 빨아 난간에 널어둔다.

산마을은 언제 비가 올지 모르기에 빨래를 넌 날에는 집에 있거나 1분 거리에 있는 카페로 향한다. 빗방울이 떨어지면 재빨리 빨래를 거둬야 하기 때문이다. 발코니 의자에 앉아 책을 읽고, 타바코를 피우며 짜이를 마신다. 따사로운 햇살이 졸음을 불러오면 그대로 낮잠행이다. 창문과 문을 활짝 열어두면 파리들이 방 안에 자리를 잡는다. 해질녘에는 향을 피운다. 그리고 커다란 숄을 방안에서 펄럭이며 "나가세요~ 나가라구요~" 하면 파리들이 열린 창문과 대문으로 나가준다. 그렇게 하루치 운동을 대신했다.

오후에는 좋아하는 음악을 틀어놓고 저녁 요리를 준비한다. 두유를 바닥에 흘리면, 그 자국을 따라 무심히 그림을 그린다. 구름처럼 느린 하루의 속도는 부드럽다. 설거지를 하고, 행주를 빨고, 남은 재료를 다듬어 정리하고, 싱크대의 물기를 닦으며 하루를 접는다. 수입을 위한 두 시간 남짓의 생산노동을 빼면 대부분의 시간을 재생산노동으로 보낸다. 반복적인 움직임은 대단한 결과나 성취를 가져다주진 않지만 달콤한 피로 속에 잠들 수 있게 해준다.

잠들기 전에는 제단을 정돈한다. 내일 먹을 만큼의 콩을 골라 물에 씻고, 동그란 그릇에 물과 함께 담는다. 맑은 물 아래서 일렁이는 콩을 바라보며 향을 피운다. 그리고 속삭인다.

잘 불어주세요.

하루가 콩처럼 몽글몽글 불어 오른다. 자기계발의 명령에서 벗어나, 아무것도 하지 않도록 허용한 날들은 콩이 천천히 불어가는 시간이었다. 성장하라고 닦달하지 않아도, 시간이 흐르면 불어난다.

조왕신의 속삭임

매일매일 콩을 불리며 무얼 먹을지 고민하는 것은 매일 무얼 그리고 쓸지, 어떤 노래를 만들지 기다리는 시간처럼 설렌다. 계절의 온도와 밤낮의 습도에 따라 내일 불릴 콩을 고른다. 그 선택도 점이고 의례다. 나를 돌보고 먹이는 그 시간이 좋았다. 부엌이 두려운 장소가 되기 전까지는 그랬다.

부엌은 들어가면 나오지 못하는 감옥이기도 했다. 정신병원에서 퇴원한 뒤 숙소로 돌아왔을 때, 나의 '보호자'였던 점은 나를 부엌으로 데려가더니 요리를 해보라고 했다. 아마도 내가 정상적인 생활을 할 수 있는지 시험하려 했을 것이다. 나를 강제 입원시켰으니.

나는 냉장고를 열었다. 충분히 익어 빨간 물을 머금은 비트루트를 도마에 놓았다. 식칼을 들고 그것을 자르려는 그 순간, 다른 장면들에 접속했다. 도마 위에 올려진 손질할 재료. 그것을 자르는 칼을 든 손. 노랗고 검고 흰 머리색과 손에 새겨진 주름들, 길고 짧고 뾰족한 식칼, 양파와 대파와 수박과 피에 젖은 육고기가 나무 도마나 플라스틱 도마에 올려진 모든 시간이 이 장면에 겹쳤다. 아침, 점심, 저녁, 때로는 밤까지 이어졌을, 그녀들이 죽기 전까지 끝나지 않던 장면. 그녀들이 죽으면 딸들이 이어온 노동이 재생됐다. 그 장면들에 어지러움을 느껴 순간 얼어붙었다. 식칼을 내려놓고 부엌을 나왔다.

점은 나더러 왜 요리를 하지 않느냐고 물었다. '혼령들이 보여서'라고 대답하면 또 나를 정신병원에 가둘 수도 있었다. 통용되는 언어로 설명해볼까. 어렸을 때 엄마가 혼자 가사노동을 감당하며 힘들었던 모습이 떠올라서, 혹은 가부장제의 노예들이 공유하는 집단무의식이 올라와서라고 솔직히 말할까. 피해의식에 사로잡힌 페미니스트의 히스테리라고 생각할 게 뻔했다. 결국 나는 팔에 힘이 들어가지 않는다고 답했다. 정말 팔에 힘이 없었다. 넋들이 내 팔을 붙들고 늘어졌다. 그녀들은 조왕할머니, 조왕각시였다. 부엌을 관장하는 조왕신도 가부장권력에 질려버린 것이다.

점은 자기가 요리하겠다며 나 대신 식칼을 들었다. 비트루트를 너무 빠른 속도로 칼질한 나머지 빨간 물이 여기저기 튀었다. 프라이팬에 잘게 자른 비트루트 조각을 붓고 밥을 넣고 소금을 휙 넣고 볶았다. 너무 무의미해서 다시는 하지 않을 하수구 청소를 빠르게 해치우듯, 거의 4배속으로 완성된 요리

였다. 점이 볶음밥이 들어 있는 프라이팬을 식탁에 놓고 숟가
락을 가져다주었다. 부엌에서 칼과 도마를 씻기는 소리가 났
다. 우당탕, 쾅, '아 씨', 쿵쾅, 칙. 거친 소리에 눈치가 보였지만
나는 아빠들처럼 죄책감이나 책임감 없이 먹기로 했다. 팔에
조금씩 힘이 들어왔다. 혼령들이 숟가락을 들었다.

잘 먹겠습니다.

아직 따뜻한 밥을 천천히 곱씹었다. 급하게 차려진 빨간
제사상이었다. 조왕신이 부엌일을 멈추고 그 자신을 먹이는
의식.

콩의 기도

한국에 돌아와서도 한동안 부엌을 멀리했다. 부엌은 한
번 들어가면 끝나지 않는 노동이 시작되는 장소다. 누군가가
먼저 들어가 있으면 아무도 거기 들어오지 않기 때문이다. '남
자가 부엌에 들어가면 고추가 떨어진다'는 옛말에는 이 서늘
한 진실이 담겨 있다. 음식물쓰레기에게도 책임감을 가져야
하는 부엌의 노예가 되지 말고, 집의 주인으로서 바깥일에 집
중하라는 아들 둔 엄마의 마음. 그 마음을 알게 된 나는 한동안

　　　　　4부. 이방인 연대기

냉동 도시락이나 배달 음식만 먹었다. 이성애 결혼제도를 기반으로 하는 가족 공동체를 선택했다면, 나는 영원히 부엌에 들어가지 않았을 것이다. 내가 먼저 들어가면 '그'가 영원히 부엌에 들어오지 않으리라는 걸 알기 때문이다.

다행히 지금 나의 반려자들은 싱크대와 냉장고와 음식물 쓰레기들에게 책임감이 있다. 그래서 나는 다시 부엌에 들어갈 수 있었다.

아침에 일어나면 냉장고에서 버리게 될 것 같은 재료를 꺼내 놓고 오늘은 무얼 해 먹을지 상상한다. 삶을까 볶을까 데칠까 끓일까 튀길까 생으로 먹을까. 냉장고의 어떤 칸에 무엇이 들어 있는지, 남아 있는 음식들을 꼼꼼히 소진하기 위해 무엇을 곁들여 먹을지도 상상한다. 이런 것을 끼니마다 되새기면 냉장고와 혼연일체가 되고 부엌은 24시간 중 가장 많은 노동을 하는 공간이 된다. 슬픔에 공명하며 국을 끓이고, 즐거운 마음으로 버섯을 씻긴다. 가부장 망령을 소멸시키는 마음으로 누룽지국을 펄펄 끓이고 신 김치를 참기름에 볶는다.

억울한 영가들은 여전히 부엌을 찾아온다. 그들의 고단한 세월을 위로하려고, 무속신앙에서는 부엌을 관장하는 조왕각시, 조왕할머니 신령님께 기도한다. 조왕신을 비롯해 집 안 곳곳에 깃든 가정 신령은 여성의 재생산노동을 '신앙'이라는 이름 아래 무급으로 떠넘기던 가부장제의 흔적을 품고 있다. 동시에 그들은 가부장제의 틀을 뚫고 나온 감각과 생명의 중계자다. 그들은 내 몸을 흙과 불과 물과 콩에 이어준다. 그리고 냉장고 안쪽 구석에 눌어붙은 액체를 닦을 때 나는 소리, 음식물쓰레기 봉투를 묶을 때 나는 소리로 내게 들린다. 지금 이 시간에도 부엌에 홀로 선 누군가의 끝없는 노동이 내고 있는 소리로.

얼마 전 아난다가 서리태콩을 한가득 선물해주었다. 흉터가 적고 매끈한 검은빛 서른세 알을 골라 맑은 물에 씻긴 후 종지 그릇에 담았다. 서른세 알의 콩은 신당에서 점을 볼 때 함께하는 콩 정령이다. 남은 콩은 물에 팔팔 끓여서 콩물과 함께 그대로 먹었다.

오늘도 콩으로 넋을 부른다.

소멸하기

사라지는 조상들

비행기 안에서 보는 하늘을 좋아한다. 운이 좋으면 글로리아를 볼 수 있다. 어두운 중심을 감싼 하얀 빛, 그 바깥으로 퍼지는 무지갯빛 원. 아무리 빠르게 비행해도 빛은 느긋하게 따라온다. 낮에 보는 글로리아와 해무리, 밤에 보는 달무리 모두가 내 여정을 축복해주는 듯했다.

무안공항에서 제주항공 비행기가 추락했다는 뉴스를 봤다. 원인은 버드 스트라이크(조류 충돌). 많은 사람들과 새들이 대낮에 죽었다. 공항 측은 새를 쫓을 인력을 늘리겠다고 발표했다.

익히 알려져 있듯, 비행기의 탄소 배출량은 어마어마하다. 그나마 저가 항공을 타는 것이 최선이라 여겼다. 그러나 그

충돌 사고는 나를 흔들었다. 내가 타고 다닌 비행기들이 그들의 생을 앗아간 건 아닐까. 글로리아에 취해 있을 때, 왜 그들의 비명은 듣지 못했을까.

인간이 하늘을 다니기 전, 그 길은 철새들의 이동로였다. 지금은 공항과 군사기지로 가득 찬 죽음의 하늘이다. 새만금, 가덕도, 제주 신공항도 마찬가지다. 자본과 군사권력은 알면서도 멈추지 않는다. 이 재앙은 흔히 '기후위기'라 불린다. 하지만 기후위기라는 말은 책임을 흐린다. 이건 예측된 재앙이고, 인간이 만든 참사다. 나 역시 공범이었다.

무너지고 다시 시작되는 자리에서

예전엔 그래피티를 그리고, 먹물로 글씨를 쓰며 흔적을 남겼다. '세상이라는 캔버스에 그림을 그리자!'라고 외쳤지만, 그 말은 세상과 자연을 대상으로 둔 채 그들과 나를 분리하는 말이었다.

살아가는 모든 순간 인간은 흔적을 남긴다. 심지어 이 글도 나무들을 해치며 책으로 존재하게 될 것이다. 숨 쉬는 것, 먹는 것, 죽은 후 남는 뼈 한 조각까지도 자연에게는 부담이 된다. 흔적 없이 사라지는 것은 정말이지 불가능하다. 그렇다면 페루 사막의 지상화처럼, 어떤 생명체도 해치지 않고 그림을 그리는 작업은 어떨까.

하지만 당장 여성 살해와 비인간 동물에 대한 학살이 진행되는 오늘, 결국 더 절실한 건 '폭력을 멈추라'는 직선의 메시지가 아닐까 싶다. 더 이상 은유로 감싸지 말고 구체적인 고통 앞에서 직접적인 구호를 외쳐야 하는 것 아닐까. 하지만 '여성혐오를 멈춰라', '전쟁을 중단하라' 같은 문장들은 너무 중요한 만큼 너무 많이 말해져서 너무 쉽게 흘러간다. 문장 그 자체가 폭력적인 소음의 배경처럼 느껴질 때도 있다. 그 문장이 누군가의 마음에 닿지 않는다면, 그것은 무엇을 바꿀 수 있을까. 나는 그 사이에서 흔들린다. 소음에 맞서 소음으로, 흔적에 맞서 더 큰 낙서로. 이 방식이 아닌 다른 길은 없을까.

포항 바닷가에서 살 때는 해변을 거닐며 파도에 떠밀려온 마른 해초와 조개껍데기, 흙 묻은 장갑을 주워 그것들로 만다라를 만들곤 했다. 밀물이 되면 지워졌지만, 그렇기에 소중한 흔적이었다. 바람이 불면 사라지고, 물결에 의해 지워지는 그림. 시간 자체를 캔버스로 삼는 것. 그런 작업은 흔적을 지우라는 외침이 될 수 있을까.

아나 멘디에타Ana Mendieta는 지워지는 흔적을 남기는 작업을 했다. 쿠바에서 미국으로 추방된 그녀는 백인 남성 중심의 예술계 안에서 늘 이방인이었다. 그녀는 억울하게 죽은 존재들, 잊힌 조상들의 몸을 자신의 몸으로 불러냈다. 자신을 땅에

눕혀 실루엣을 만든 후 그곳에 흙과 불, 피와 꽃, 잎과 나뭇가지를 올렸다. 몸의 자리에 정령이 깃들 공간을 마련했다. 그녀의 의문사에서 가해자로 지목된 작가 남편은 끝내 무죄를 받았고, 그녀보다 오래 살아남았다.

결국 정직한 이들은 사라지고, 폭력을 휘두르는 자들이 남아왔다. 나는 그들의 흔적을 지운 뒤 죽고 싶다. 누군가 싸놓은 똥을 내리는 사람처럼, 구조를 닦아놓고 떠나고 싶다. 하지만 억압의 흔적은 집요하다. 남성우월주의, 비장애중심주의, 인간중심주의는 이미 구조에 박혀 있다. 이걸 어느 세월에 다 지우지.

인간이 남기는 모든 흔적이 본질적으로 민폐라면, 가장 완벽한 방식은 흔적 없이 사라지는 것이다. 윤리적 고민의 끝은 죽음이다. 그래서 많은 이들이 윤리적인 죽음으로서 자살을 선택한다. 집단자살도 저항이 될 수 있을까. 모두가 스스로를 동시에 사라지게 만들며 이 세계의 거대한 '불'을 잠시 끌 수 있을까. 슬픔의 몸들이 서로 연결된 균사체처럼 흙 아래에서 이어지고, 다시 살아 있는 존재들의 뿌리를 감싸는 방식으로. 그게 이 세계의 가장 조용하고 평화로운 해피엔딩일까.

낙엽 속에서 웃고 있는 신들을 본다. 죽은 이들의 영체다. 싱글벙글. 먼저 죽으니 그렇게도 좋으세요? 죽음을 맞이할 때, 모든 경계는 무너진다. 무너진 자리는 다시 시작하는 공간이 된다. 사람들이 자신의 죽음을 마음껏 상상할 수 있도록, 나는 저승 입구에 선다. 개체의 꿈에서 깨어나는 죽음, 그 평안한 고향을 기억하는 이들이 어느 날 한꺼번에 세상을 뒤집을 수 있도록.

사라진 흔적을 따라

이집트 카이로에는 500년이 넘은 건물들이 아무렇지 않게 서 있었다. 골목 장터에는 골동품 노점상들이 줄지어 있었다. 누군가의 사연이 깃든 오래된 텔레비전, 알록달록 빛바랜 숟가락들. 그 물건들을 찬찬히 바라보는 것만으로도 애틋했다. 사라진 존재들의 흔적을 살피며, 입속으로 조용히 노래 한 곡을 불렀다. 〈Alfonsina y El Mar(알폰시아와 바다)〉. 알폰시아 스트로니는 스위스에서 태어나 아르헨티나로 이주한 이방인이었다. 그는 빈곤한 싱글맘, 병든 몸으로 남성중심의 문단에서 시를 남겼다.

나는 다시 바다의 물거품이 된다.

이 시구를 남기고 그녀는 바다의 품으로 걸어갔다. 그녀에게 죽음은 끝이 아니라 쉬러 가는 일이었고, 평화였다. 남미

의 민중가수 메르세데스 소사Mercedes Sosa를 포함한 많은 이들
이 그녀의 시를 노래했다. 그 울림은 나에게도 닿았다. 이방인
으로 살아가는 이들과 그들의 흔적은 사라진다. 하지만 그 사
라짐은 늘 다른 이방인의 자리에서 다시 깨어난다. 알폰시아
의 바다, 멘디에타의 대지, 익명의 그림자 예술가들, 사라지는
이름들의 의례. 그들이 멈춰 섰던 자리에 선다. 그들의 마지막
에 다가가 손을 얹는다.

사회가 허락하지 않은 방식으로 존재했던 이들의 정직한
걸음을 떠올린다. 식민지의 땅에서 여성의 욕망과 자유를 외
친 나혜석과 김명순, 지역 여성들의 지워지는 고통을 기록한
시인 멀리 알루난Merlie M. Alunan, 침묵을 강요받던 몸들의 언어를
길어 올리며 가부장제의 벽을 가로지른 리위안전Lee Yuan-Chen,
말할 수 없는 방식으로 말하며 존재의 경계를 흩트린 작가 트
린민하Trinh T. Minh-ha, 신화와 종교, 문학의 경계를 넘나들며 퀴어
성과 젠더의 다양성을 복원한 작가 루스 바니타Ruth Vanita, 성노
동자, 트랜스젠더, 약물 사용자로 낙인찍힌 몸과 함께 자신의
상처를 생의 장면으로 기록한 낸 골딘Nan Goldin……

그들은 고통을 정면으로 바라보았고, 침묵의 주파수를 듣
고 말하며 폭력의 흔적을 안고 걸어갔다. 나도 그 걸음을 따라
지워질 흔적을 쓴다.

4부. 이방인 연대기

돌아온 자리

멈추는 자유

지구 곳곳의 초원과 사막, 협곡을 다니며 늘 아쉬웠던 건 내가 운전을 할 수 없다는 것이었다. 광활한 초원을 따라 오토바이와 함께 먹고 자는 여행자들. 그들은 내가 꿈꾸던 여행을 하고 있었다. 팬데믹으로 지역 이동이 제한되던 시기, 낡은 자동차를 빌려 시골길을 이동하며 지내는 여행자도 있었다. 이동이 자유롭다는 건 언제든 떠날 수도, 어디든 머물 수도 있다는 뜻이었다. 부러웠다. 그러나 나에게는 운전면허가 없었다. 자전거도, 오토바이도, 자동차도 운전할 줄 몰랐다.

운전을 시도하지 않은 건 아니었다. 스무 살이 넘었을 때 처음 1종 보통 면허에 도전했다. 큰 트럭을 몰 수 있으면 캠핑카도 운전할 수 있지 않을까? 화물차 뒤편을 집처럼 꾸며 바퀴 달린 집에서 살아볼 수 있겠지? 부푼 꿈을 안고 면허 시험을 봤지만 중앙선을 침범해 떨어졌다. 3년 후에는 안전벨트를 매지 않아 실격됐다. 다시 3년 후, 기능 시험 도중 공황 증상이 와서 시간 초과로 실격됐다. 그때 나는 영원히 운전을 하지 못할 거라 생각했다. 탄소 배출을 줄이는 게 지구에 도움이 되니 괜찮다고 스스로를 위로했다.

운전하지 않아도 괜찮았다. 해외에서는 히치하이킹을 하면 됐고, 한국에서는 아빠 차를, 성인이 되어서는 애인들의 차를 얻어 탔다. 운전대를 잡은 그들의 급브레이크와 급발진을 견디며 멀미를 참아야 했지만. 이동할 때마다 원치 않는 접촉, 불편한 대화, 불쾌한 시선을 감내했다.

나보다 먼저 운전대를 잡은 기린은 나에게 내내 이렇게 말했다. "운전 별거 아니야. 운전 어렵다고 말하는 거 믿지 마. 정말로 별거 아니야." 기린의 말에 용기를 얻은 나는 다시 면허 시험에 도전했다. 그리고 드디어 합격했다. 네 번째 도전만이었다. 이제 내가 운전해서 원하는 곳에 갈 수 있다. 더 이상 조수석에서 눈치 볼 필요도 없다!

운전이 자유를 의미하는 건 한국 도로에서도 마찬가지였다. 하지만 처음 도로에 나왔을 때, 여성으로 보이는 나를 손가락질하는 남성 운전자를 마주했다. "아줌마!! 거기 서 있으면 어떡해요?! 에휴, ㅅㅂ." 생판 모르는 사람에게 내 성별과 나이를 함부로 명명하는 '아줌마'라는 소리를 듣고 욕을 먹었다. 마치 도로에 있어서는 안 되는 사람인 것처럼 나를 대했다. 나는 그 사람을 모욕죄로 고소할 수 있는지 검색했다. 다른 사람들이 듣는 곳에서 욕을 하면 모욕죄가 성립되지만, 그때 나는 혼자였다. 함께 욕할걸, 하고 후회했다. 그러다 남성 운전자에게 폭력을 당한 여성 운전자에 대한 뉴스가 떠올랐다. 결국 몸과 마음을 정갈히 하고 저주의 주문을 외웠다. 할 수 있는 건 저주뿐이었다.

정의의 칼리신이시여, 저 인간에게 자비 없는 벼락을.

미숙한 여성 운전자를 비하하는 '김여사'라는 멸칭은 있지만, 난폭 운전을 일삼는 남성을 멸시하는 말은 없다. 운전자 사고의 절반 이상이 남성 운전자에 의해 발생하는데도. 여성으로 보이는 내가 해외여행을 떠나는 것보다 도로에서 운전하는 것이 더 어려운 이유였다. 도로 위의 자유는 여전히 걷고 운전할 수 있는 몸을 가진 자들에게만 허락된다. 내가 누리는 이동의 자유로 연대할 수 있는 길을 살핀다. 대중교통 이용이 어려워 가지 못했던 매드 프라이드 현장에도 이제는 갈 수 있다.

어릴 때부터 좁은 교실과 정해진 규칙을 떠나 온 세상을 누비고 싶었다. 그러나 운동장은 남자애들이 점령했고, 겁이 많았던 나는 험악하게 날아오는 축구공에 맞을까봐 철봉에서 오래 매달리기 놀이를 하거나 땅굴을 파며 놀았다. 성인이 되어서도 나에게 도로는 허락되지 않았다. 집회가 열려 행진할 때 잠시 그곳을 점거할 수 있었지만, 너무 짧은 순간이었다.

사람들은 저마다의 방식으로 해방감을 찾는다. 먼 곳으로 떠나거나 낯선 이를 만나 인연을 맺고, 산책을 하며 하늘과 거리를 낯설게 바라보기도 한다. 운동장을 뛰어다닐 때도, 드라이브를 할 때도, 책을 펼쳐서 낯선 세계로 이동할 때도. 모든 것이 여행이다.

운전을 할 수 있게 되자 내가 상상할 수 있는 이동 범위와 거주지에 대한 관점도 달라졌다. 그전에는 주로 한국을 떠나 다른 나라로 가는 상상을 했지만, 이제는 한국 안에서 가보지 않은 산천에 가는 것을 상상한다. 운전대를 잡고 원하는 음악을 들으며 달리는 것. 그리고 멈추고 싶을 때 언제든 멈출 수 있는 것. 그것은 내 삶을 내가 통제할 수 있다는 감각을 주었다. 그래서 이제는 멈춰 있어도 괜찮다. 그토록 떠나고 싶었던 건, 결국 내가 통제할 수 없는 것들 때문이 아니었을까. 만일 일찍이 자전거를 배웠다면, 도로를 다닐 수 있다고 느꼈다면, 운동장을 자유롭게 뛰어다닐 수 있었다면 해외로 떠나려고 했을까. 애초에 사라지고 싶은 충동을 느꼈을까.

돌아온 자리

아직 검은 하늘인 새벽 4시, 아난다와 기린과 도토리를 타고 남해로 향했다. '도토리'는 우리 차 이름이다. 기린이 여기저기 굴러다니는 아늑한 도토리 같다며 붙여주었다. 고양시에서 남해까지는 장장 다섯 시간. 이렇게 먼 거리를 운전하는 것도, 셋이서 함께 떠나는 것도 이번이 처음이었다.

우리는 해안가를 달리며 메르세데스 소사의 〈알폰시아와 바다〉를 듣고, 김추자의 〈무인도〉를 따라 불렀다. 마치 세상의 시간과 다르게 흐르는 것처럼, 남해에 온 지 1년이 넘은 느낌이었다. 하루는 길고, 순간은 선명했다. 정겨운 사투리, 노란 유채꽃과 개나리, 빨간 동백꽃, 아기자기한 풀과 굵은 나무와 짜리몽땅한 야자수가 저마다의 세계를 양보하며 존재했다. 낮은 지붕 덕분에 고개를 들지 않아도 보이는 하늘, 동그란 산맥과 이어지는 하늘빛 바다.

남해는 34년 만에 찾은 고향이었다. 아난다는 이곳에서 20대 초반을 보내며 아기인 기린과 나를 돌봤다. 아난다와 기린은 늘 해오던 가사노동과 관계노동에서 잠시 물러나 있었다. 이 휴식의 시간에는 각자의 속도로, 서로를 배려하며 조용히 흘렀다. 물론 투닥거리기도 했다. 아난다는 도로변에 핀 유채꽃의 잎을 따야 한다며 자꾸 여기저기서 멈추자고 했다. 유채꽃잎은 씹을수록 은은한 단맛이 올라온다. 우리는 그것을 먹으며 4월 4일 내란 우두머리 윤석열의 파면 선고 생방송을 봤다. 환호성을 질렀다.

지금 남해바다의 물결은 사납지 않다. 강물인 듯 호수인 듯 슬렁슬렁 흐른다. 물은 낮은 곳으로 흐르고, 돌멩이와 흙도 물길에 맞춰 차곡차곡 엎드린 이곳에 나도 몸을 납작하게 두고 앉아 있다. 이 품에서 내 몸의 정체성이 또다시 바뀌는 것을 느낀다. 피해자도, 수행자도, 여행자도 아닌, 지금 여기 땅에 붙어서 함께 웃고 있는 어떤 존재.

돌아온 자리에서, 나는 또 어디로 흘러갈까? 어떤 이름을 벗고, 어떤 마음을 입으며 다시 태어날까?

쓰는
자리에서

　　이 책을 쓰기 시작하던 작년 12월 3일, 나를 강간한 뒤 뻔 뻔하게도 인도에 가보라던 스님에게 연락이 왔다. 성폭력 공소시효가 끝나는 10년이 지난 날이자, 윤석열이 계엄령을 선포한 날이었다. 가부장 망령귀가 제 모습을 드러낸 바로 그날이었다. 그는 내가 죽은 줄 알았다고 했다. 내가 자살했을 거라 생각한 것이다. 그에게 사과를 받기 위해 긴 편지를 보냈다. 그는 이승의 짐을 내려놓고 참회하겠다는 말을 남기고는 연락이 두절됐다. 정말 이승의 짐을 내려놓은 걸까. 가해자는 무책임하게 숨는다. 그래, 숨고 싶으면 숨으세요. 나는 숨지 않을 테니까. 그들이 사라져도 그 많은 스님'들'과 윤석열'들'은 계속 흔적을 남길 것이다. 나는 그들의 흔적을 지우고 죽을 작정이다. 죽을 줄 알았던 '나'들이 여전히 살아 있다고 또렷하게 증언하면서.

⁂

이 책에는 여전히 불법으로 간주되는 성노동, 약물 사용에 대한 내용이 담겨 있다. 에세이로 이 이야기를 쓰면 법적 심판대에 설 수도 있다. 그렇다고 허구로 숨고 싶지 않았다. 실존을 허구처럼 말해야 한다면 그 허구를 법 너머로 밀어붙일 것이다. 그러면 낙인도 청소할 수 있을 것이다. 나에게 에세이는 말하면 안 되는 것을 말하는 시위이고, 증언이다. 에세이는 흔히 개인적이고, 감정적이며, 사적인 글이라 여겨진다. 특히 여성의 감정, 기억, 분노는 오랫동안 '문학이 될 수 없는 것'으로 밀려났다. 여성을 배제하는 혐오의 문법. 이 위계는 문단뿐 아니라 지구 곳곳의 수행처에, 그리고 그 바깥 어디에나 존재한다. 그리고 몸을 가르는 모든 위계를 청소하는 자리가 미친년인 나의 자리다.

⁂

미친년인 나에겐 여전히 '살아 있는 인간'이라는 권력이 있다. 이 권력이 침범할 나무와 바꿀 가치가 없는 문장은 모두 지우자는 마음으로 분량의 반을 덜어냈다. 그래도 남은 문장이 있는 이유는 나무의 넋도 실려 있어서다. 나무, 풀, 사물, 동물, 사라져도 사라지지 못하는 넋들이 나를 통과해왔고, 나는 그 목소리들을 가능한 만큼 놓치지 않으려고 애썼다. 이들이 세상에 나올 수 있도록 문장들을 지지해준 임세현 편집자님께 감사드린다. 이름이 남았든 그렇지 않든, 먼저 말해준 비남성 창작자들의 넋에도 깊이 감사한다. 그리고 기린과 아난다의 포옹, 사랑한다는 말. 그것만으로 나는 콩처럼 불어났다. 나를 사랑으로 품어주는 반려자 강아지 하늘님들, 빈털터리 떠돌이 정신장애인 무당으로 돌아온 나를 믿어주고 곁을 준 우주, 가피, 무무, 나를 찾아주는 살아 있는 손님들, 그들과 함께 실려오는 무명의 넋들에게도, 끝까지 고맙다고 전하고 싶다. 위험해 보이는 모험조차 지지하는 이들 안에서, 낙인은 자부심이 되었다. 글을 쓰는 동안 내 만트라 앨범의 음악을 들으며 시간을 점거할 수 있었다. 이 책과 함께 그 음악을 듣는다면, 구체적인 넋의 울림을 만날 수 있을 것이다.

※
※※

쓰는 자리에서 여행을 이어간다. 이 굿을 이어갈 당신의 이야기를 기다리며.

틈새 연대기

초판 1쇄 펴낸날 2025년 6월 13일
지은이 정홍칼리
펴낸이 박재영
편집 임세현·이다연
마케팅 신연경
디자인 조하늘
제작 제이오
펴낸곳 도서출판 오월의봄
주소 경기도 파주시 회동길 513 203호
등록 제406-2010-000111호
전화 070-7704-2131
팩스 0505-300-0518
이메일 maybook05@naver.com
X(트위터) @oohbom
블로그 blog.naver.com/maybook05
페이스북 facebook.com/maybook05
인스타그램 instagram.com/maybooks_05

ISBN 979-11-6873-148-6 03810

만든 사람들
책임편집 임세현
디자인 조하늘

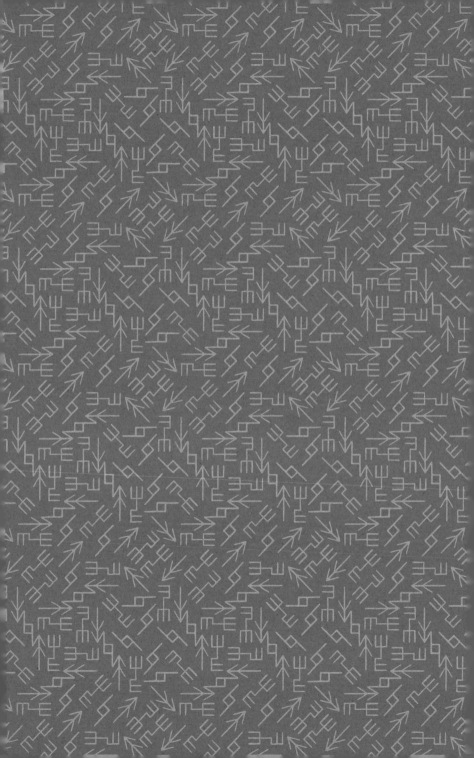

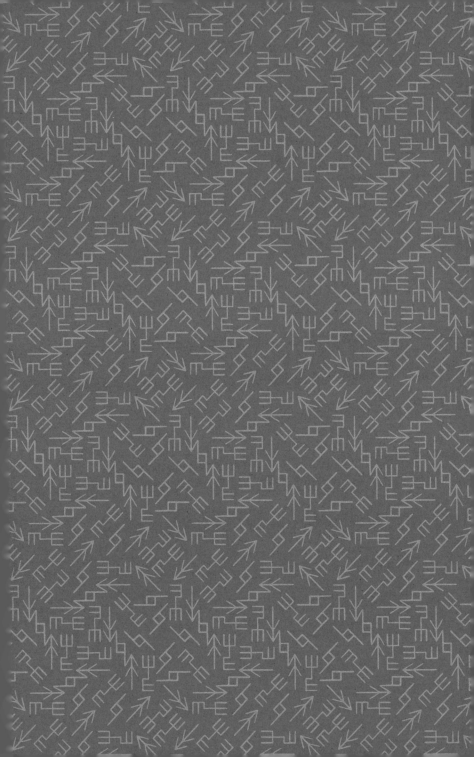